『ねえ！どっちがいいと思います？』
とりあえず僕は、はしゃぎまくるロスヴァイゼさんをそのままにして、ラノベを読み始めた。
『アルベルトさんは戦闘艇乗りの相棒《パートナー》として、キーレクトさんは絶対にお守りすべき方って感じなんですよね〜♪
あーでもー……』

ゴンザレス・パットソン
薬剤師兼情報屋で、ジョンの高校時代からの友人。男性だが、事故で身体に大きな損傷ができ、その救命措置として女性型義体に入れられ今でもそのまま。
小型戦闘艇
WVS-09・ロスヴァイゼ
とてつもない性能を誇る、意思のある古代兵器の戦闘艇。アバターとしての見た目は金髪碧眼の美女。乗り換えの話を多方面にしているためかビ〇チと思われている。
09

モブ傭兵　登場人物紹介

フィアルカ・ティウルサッド

司祭階級《ビショップランク》の女傭兵。別名『女豹《レオパール》』。ジョンの実力を知っており、彼が昇級に興味がなく、周囲から蔑まれてもヘラヘラしているのが気に入らない様子。

ジョン・ウーゾス

騎士階級《ナイトランク》の傭兵。高校生時代に起こったとある事件と、父の借金とリストラが原因で傭兵になった。

スクーナ・ノスワイル

プラネットレースチーム『クリスタルウィード』の女性エースパイロットで、同性である女性からの人気がすさまじい。ジョンを度々チームに誘っている。

「貴方。どっちにつくの？」
「情報収集は大事だけど、時間のかけすぎよ！
迅速な判断ができないの？　それともあの胡《う》散《さん》臭《くさ》い女に
惑わされてるのかしら？」
この人は相変わらず怒ってるなぁ……。
よく疲れないものだと感心してしまうお。

01
Author
土竜
Illust
ハム
Volume ONE
キモオタモブ傭兵は、
身の程を弁《わきま》える

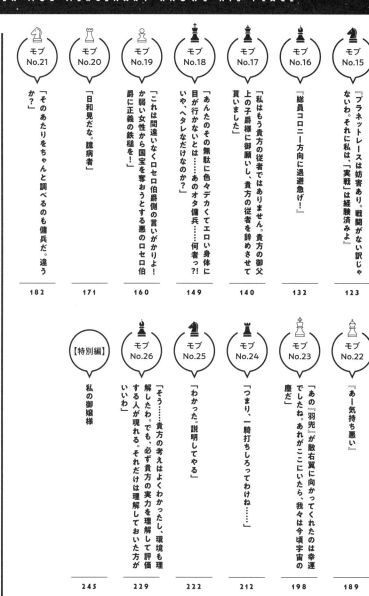

モブ
No.1

『ふはははははははは！　圧倒的だな我が軍は！
愚かな男爵風情が、さっさと娘を差し出せばよかったのだ！
ここまで抵抗してくれたのだ。捕らえた上にはたっぷりと可愛がってやる！』

僕の名前はジョン・ウーゾス。傭兵《ようへい》をやってる。
傭兵って言うとカッコいいイメージがあるけど、そんなのは一握りの連中だけ。
創作の題材になるようなのは、まず絶対に美男美女で。
乗ってる船は、試験的に製作されたものの、誰1人乗りこなせなかった超最新鋭のやつか、遺跡から発掘された意思のある超兵器とかで。
そんな船を華麗に乗りこなし、たった1隻で敵の連合艦隊を壊滅させたとか、
たった1人で惑星型要塞に潜入して全滅させたとか、
どんな国家にも属さない巨大な傭兵組織をつくったとか、
本当かどうか怪しい話ばかり飛び交う連中のことだ。
僕のような、小太り眼鏡のオタクで、船も改造しているとはいえ中古品なんていう、やられ役の雑魚《ざこ》モブ傭兵とは住む次元がちがう。

そんな僕は今、銀河大帝国国内のフイガ宙域で、バッカホア伯爵の陣営に列席し、敵であるジーマス男爵の陣営との戦闘を開始しようとしていた。

現在、銀河大帝国は内ゲバの真っ最中で、同じ爵位の貴族同士でどっちの格式が上か？　とか、古くさい骨董品《こっとうひん》を寄越《よこ》すの寄越さないのとか、
そういう下らない理由で戦争をしている。

アホ臭くてしょうがない。

そして例に漏れず、このバッカホア伯爵は、ジーマス男爵の1人娘（ちなみに親子くらい年齢がはなれている）を気に入り、自分の情婦にしたいから寄越せって言ったらしい。

いますぐ回頭して、旗艦のブリッジブチ抜いたらあのおっさん死ぬかなあ？

ま、その辺りを確認せずに仕事をえらんだのは僕のミスだ。

ちなみに今、バッカホア伯爵は全艦に向けて演説を打《う》ち、ジーマス男爵が自分を侮辱した報復だと言っているが、全員真実しってるお！

さて、そろそろ演説も終わるだろうから、戦闘準備をしておこう。

戦闘が始まったら、戦闘領域の隅っこで、ほどほどに攻撃して、全力で逃げ回る。

これが生き残る為《ため》の戦略だ。

「よーし！　4機目撃墜！」

開戦してから既に1時間。

僕は戦闘領域の端っこでなんとか生き延びていた。

「この辺はもう制圧したかな？」

フラグ間違いなしの台詞《せりふ》だが、どうやら心配はなかった。

するとそこに、一斉通信がはいった。

『左翼支援部隊に通達！　中央の支援に向かってくれ！　押され気味なんだ！』

画面《モニター》にあらわれたのは、僕達《たち》傭兵の取《と》り纏《まと》めを任された、バッカホア伯爵の私兵部隊所属のガルベン中尉だ。

イイ人だが、どうせなら可愛《かわい》い女性兵士に出てきて貰《もら》いたい。

もしくは本人が美人女性士官なら無問題。

しかし現実はくたびれかけたおっさんだ。

「えぇー?!　中央部隊にいた連中はどうしたんだ?　確か『はっ！　あんな雑魚の群れなんざ俺様1人で十分だぜ！　邪魔すんじゃねえぞモブ共！』とかイキってたのがいたよな?」

『支援部隊《ようへい》はまだもってるが、正規部隊《うちの》がガタガタなんだ。あと、そいつは1隻も撃墜してない』

僕の独り言にガルベン中尉は律儀に答えてくれた。

それにしても、戦闘で1機も撃墜してないのはさして珍しくないが、あれだけイキっててそれではなかなかダサい。

ともかく中央に向かうことにした。


おっとり刀で駆けつけると、中央はなかなか大変なことになっていた。

支援部隊はそこそこ拮抗《きっこう》しているけど、正規部隊はガタガタ。

つか、支援部隊が居なかったらヤバイんじゃないか？

そして例のイキリ君は、数十機もの敵機を引き付け、戦場を飛び回っていた。

「あーありゃすごいわ！　たしかに反撃をしてる暇はないわな」

イキリ君が大量の敵機を引き付けているため、味方機の安全マージンがたっぷりとれている。

しかし、あれだけの数に追いかけられて落とされていないのは、船の性能もあるのだろう。

流石《さすが》は主人公のイキリ君。やることが派手だ。

ちなみにおっとり刀と聞くと、急ぎもせずにダラダラと移動してきたように聞こえるが、文字にすると『押っ取り刀』と書き、急な出来事で刀を腰に差す暇もなく、手に持ったままであることを表す言葉で、急いでやって来たって意味が正しい。

それはともかく、あのイキリ君にへばりついたのを仕留めるお！

僕以外にも、支援部隊の連中がイキリ君にへばりついてるのを撃ち落としていく。

でもそれで油断したのが良くなかった。

後ろに食いつかれてしまったのだ。

攻撃はなんとかかわせているけど、このままだとヤバイ。

機体に負担がかかるけどやるしかないお！

まずはスロットル全開で飛ばしながら相手を自分の真後ろに誘導する。

相手が真後ろにきたら、機首をあげる・機体下部にある姿勢制御用のスラスターを一瞬だけ全力噴射・メインブースター停止を、タイミングを合わせて同時に行う。

すると、機体は回転しながら相手の機体を飛び越す形になり、そのタイミングでビームを放てば、相手は確実にダメージをうける。

つまりは宙返りして敵の背後をとる基本的な戦法だが、機首がいきなり上がる様子が、攻撃されて胴体が折れたように見えるので、『撃墜騙《だま》し』と呼んでいる。

そして相手は見事にハマってくれた。


そんなことをしているうちに、右翼の支援部隊も到着した。

すると、中央はバッカホア伯爵軍が俄然《がぜん》有利になった。

ジーマス男爵軍側は、両翼の戦力がなくなったということであり、士気も下がるだろう。

そうして、イキリ君にへばりついた残りが十機を下回り、戦場全体がバッカホア伯爵軍優勢になった時に、信じられない事が起こった。

バッカホア伯爵軍の旗艦が、主砲を撃ちながら前に出てきたのだ。

しかも、敵味方全体への一斉通信で馬鹿な事を叫びながら。

『ふはははははははははは！　圧倒的だな我が軍は！　愚かな男爵風情が、さっさと娘を差し出せばよかったのだ！　ここまで抵抗してくれたのだ。捕らえた上にはたっぷりと可愛がってやる！』

あ、それ死亡フラグ。

そう思った瞬間に、イキリ君の船に貼り付いていた船の1隻が、一直線にバッカホア伯爵軍旗艦のブリッジに特攻した。

あまりの素早さに、味方は誰1人として反応できなかった。

もちろん敵側も。

まさかあんなことをするとは思っていなかったのだろう。

多分、男爵令嬢に思いを寄せていた少年兵とかだったんかね。

その特攻を食らっても船は沈まなかったが、ブリッジは原形をわずかに保った状態で大破していた。

もし調子こいて宇宙服を着ていなかったら、伯爵とその取り巻きは確実にあの世行きだろう。

すると、

『あー、現在最高責任者になったガルベン中尉だ。バッカホア伯爵とスカンタン中佐が死亡し、戦闘が継続不可能になった。全将兵に告ぐ。即座に戦闘を中止してくれ！　こんな馬鹿げた殺しあいは無駄の一言だ！』

と、別の船から一斉通信を飛ばしたそのガルベン中尉の言葉で、全員が戦闘を中止した。

モブ No.2

「だが断る！」

戦闘終了後。

ジーマス男爵側からは、傭兵《ようへい》に対しては責任を問わず、バッカホア伯爵家には謝罪と莫大《ばくだい》な慰謝料を請求したらしい。

そのお陰もあって、バッカホア伯爵に雇われていた側の傭兵は、バッカホア伯爵家側の基地にて補給を受けることができた。

しかし、『撃墜騙《だま》し』を使ったからには、きちんとしたメンテナンスドックにいれるか、自分で時間をかけてオーバーホールをする必要がある。

『撃墜騙し』は中古で改造品の僕の船には負担が多い技なので、このままの状態で再度使用するのは不安があるからね。

報酬は既に支払われていて、いつ出ていっても問題ないが、僕は後の方に出るようにしている。

こぞって出ようとして争いになったり、事故ったりしたらたまらないからだ。

ヘタレだと思われるかもしれないが、敵視されたり事故を起こしたりするよりはマシだ。

そうやって船が出ていくのを眺めていると、不意に通信《でんわ》が入った。

「はいはいどなた?」

『初めまして。私は小型戦闘艇WVS‐09・ロスヴァイゼと申します。そちらはジョン・ウーゾス氏の船『パッチワーク号』、そして貴方《あなた》が船長で傭兵のジョン・ウーゾス氏で間違いありませんか?』

画面に現れたのは、金髪碧眼《へきがん》の、とにかく物凄《ものすご》い美女。

キャッチセールス・受付・美人局《つつもたせ》以外では絶対に話しかけて来ない人種だ。

そんな相手、しかも知り合いでもない人から通信がくるというのは悪い予感しかない。

「はい……たしかに間違いありませんがなんのご用ですか?」

違いますと言ってもよかったが、コール番号を知っている時点で無駄だろう。

『はい。単刀直入に申し上げます。私に乗り換えませんか?』

「はい?」

なにいってんだこの人?

乗り換える?

恋人なんか生まれてから一度もいないのに、乗り換えるもクソもない。

その僕の表情を察したのか、ロスヴァイゼさんとやらは会話を続けた。

『私は小型戦闘艇WVS‐09・ロスヴァイゼ。貴方方がいうところの古代文明の遺跡から発掘された意思のある超兵器なのです』

「え?」

画面の中の美人はなにをいってるお?

意思のある超兵器だって?

だとしたらとんでもない代物《しろもの》だ!

売り出されたりしたらとんでもない値がつくだろう。

しかしそんな話をされたとしても、簡単には信用できない。

それになにより、

「待った待った! それが真実だとしても、君には既にパートナーがいるだろう?」

そう言えば『ロスヴァイゼ』というのはあのイキリ君の船の名前、ひいては彼女の名前なのだろう。

既に持ち主がいるのに、船が持ち主を裏切るというのはどういうことなのだろうか?

『今の私の乗組員《パイロット》であるランベルト・リアグラズは、はっきりいって口だけのヘタレです!』

意思のある超兵器・ロスヴァイゼさんは、怒りの表情を見せていた。

『私は惑星ラザにある小さな田舎町の古い倉庫にしまわれていました。その倉庫の持ち主の孫がランベルト・リアグラズだったのですが、初対面の時に「俺は最強の傭兵だ!」とか、「船を操縦させて俺より速い奴《やつ》はいねえ!」とか散々いってくれたくせに、実際は傭兵になったのは1週間前で、今日が初陣《ういじん》だったんですよ?! さらには! 船の操縦も訓練用のシミュレーションでしかやったことがなかったんですよ?!』

「それでもあれだけ大量の敵機を引き付けて撃墜されずに逃げ回ってたのは凄いと思うけど?」

あのイキリ君新入りだったか〜。

まあ主人公サイドの人間だし、秘められた能力が発動してあれだけの成果をあげていたのだから、十分だと思うのだが。

しかしロスヴァイゼさんは不機嫌そうに、

『本人は開戦時にバリアにビームが当たったことに驚いて気絶・失禁していましたので自分で動きました。操縦席《シート》と床の掃除のためのクリーンマシンの制御の方に意識があったので攻撃はできませんでしたが』

そう言い捨てた。

多分、そそうをされたのがそうとう嫌だったんだろうな……。

「まあ……新兵にはよくあることだよね」

『貴方《あなた》はどうだったんですか？　ミスター・ウーゾス』

「まあ、気絶と失禁はしなかったかな。戦果《ウォーリザルト》はともかく」

『つまり。傭兵として、戦士として、貴方の方が素質があるということです！』

「いやそれはわかんないじゃん。これから化けるかもしれないし」

ロスヴァイゼさんは興奮気味に畳み掛けてくるけど、初陣では仕方ないっしょ。

『ともかく！　私はそちらの船よりも全ての性能が数百倍はあります！　私に乗り換えれば栄耀栄華《えいようえいが》は思うがままです！』

「たしかにそれぐらい凄い船なら欲しいよな」

『そうでしょうそうでしょう♪』

事実、古代文明の遺跡から発掘された意思のある超兵器ともなればその性能は凄《すさ》まじく、現行の戦闘艇はもちろん、艦隊とだって戦えるだろう。

そんな船を乗りこなしているなら、傭兵として華々しい活躍ができるだろう。

なので僕は、

「だが断る！」

『え？』

当然断った。

冗談じゃない！

僕みたいなのがそんな凄い船に乗っていたら即座に因縁をつけられる！

「お前みたいな奴には宝の持ち腐れだ。俺達《たち》が有効に使ってやる」とか、

「彼女を脅していうことをきかせているんだろう?!　今すぐ彼女を解放しろ！」とか、
場合によったら船を降りてる時にズドンだお！

だから断る。

分《ぶん》不相応・役者不足・身の程を弁《わきま》える。

ともかく自分には勿体《もったい》ない。

そういう船は、イケメンか美女で主人公属性の奴が乗るのが正しいお！

「というわけで、貴女《あなた》に乗る気はありませんから今のパートナーと頑張ってください」

『なぜですか?! 私は今の時点で銀河最高最強の船なんですよ？ 無敵ですよ？ たっぷり稼げるんですよ?』

ロスヴァイゼさんは必死に自分の長所《メリット》をアピールするが、僕にとっては短所《デメリット》でしかない。

船がそれだけ強いなら、それだけ過酷な戦場に向かわされる可能性も高くなるし、敵から狙われる事にもなる。

何度も言うが、そういうのはイケメンか美女で主人公属性の奴が背負わされるものなんだお！

僕みたいなキモオタモブ傭兵が背負って良いものじゃない。

「ともかく僕には貴女は必要ないので、『ちょっとまって！ よく検討を――』イキリ君と仲良く頑張ってください」

そういって通信を切ってやった。

僕みたいなのがあんな船に乗っていたら、どんな目にあわされるか想像するだけで恐ろしい。

いつ死ぬかわからない傭兵生活。

自分を過大評価したり、調子にのったり、悪目立ちすることは命を縮めることになる。

だからこそ、身の丈にあった装備と環境が重要だ。

僕みたいなモブが戦場で長く生き残るには、目立たず、臆病に振る舞い、名誉を求めないこと。

派手に目立ち、勇敢に振る舞い、名誉と栄耀栄華をほしいままにして生き残れるのはイケメンか美女の主人公属性をもつ奴らだけ。

モブがそんなことを求めてはいけない。

身の程を弁えるのが、戦場で生き残る確率をあげるのだ。

そんなことを改めて考えていると、急に外が騒がしくなった。

なんだろうと思って外を見てみると、

「ふざけんな！　俺はお前の所有者だぞ！　なのになんで俺が追い出されなきゃならないんだ！」

『最初の1発で気絶して、私の船内《なか》で漏らしちゃった人に所有者面《づら》されたくありません！』

「なっ……てめえ！　ふざけんな！」

どうやら、ロスヴァイゼさんとイキリ君が喧嘩《けんか》をしているらしい。

かなり離れているはずなのにここまで声が聞こえてくる。

それにしても発言が危ないなあ。

周りの連中は、ロスヴァイゼさんが船のＡＩだとは知らないだろうから、完全にカップルの痴話《ちわ》喧嘩だ。

しかも情事の内容を暴露しているように聞こえるからタチが悪い。

ま、関わらないようにするのが一番だお。

そしてその痴話喧嘩のせいで船の出発が停止しているので、今のうちに基地を出ることにした。

管制塔《コントロール》に許可をもらい、出口に向かってゆっくりと船を移動させ、痴話喧嘩に沸く駐艇場《ちゅうていじょう》を横目にみながらスロットルを吹かし、バッカホア伯爵側の基地を後にした。

さあ！　早いとこオーバーホールを終わらせてアニメショップに直行するお！

モブ No.3

「それはそっちの都合じゃんか。それに美人だったらよけいにお断り！」

「ここは相変わらず人が多いな……」

前の依頼でしなければならなくなった船のオーバーホールを終わらせた後に僕がやってきたのは、傭兵《ようへい》ギルドの銀河大帝国ポウト宙域・惑星イッツ支部だ。

銀河大帝国帝星・ハインにある本部程ではないものの、かなり大きなギルドだ。

ここにやってきた理由は簡単、仕事を探しにだ。

掲示板に表示されている依頼のコードナンバーを端末に打ち込み受付に持っていく。

そこで詳細を聞き、仕事を受けるかどうか判断する。

僕が向かうのは、もちろん誰も並んでいないおっちゃんの受付に決まっている。

美人の受付嬢のところになんか並ぼうものなら、

「おい！　てめえみたいなのが◯◯ちゃんの列に並んでんじゃねえ！　身の程しらずが！」

といって殴られたり。

運良く受付をしてもらって仕事の話しかしていなかったとしても、

「おい貴様！　彼女が嫌がっているのがわからないのか？　とっとと失《う》せろ！」

といって殴られるのが絶対だ。

とりあえず、さっき見付けた近場での目撃情報が多い、かなり小規模らしい海賊の退治を受けるべく、いつものおっちゃんの受付に向かった。

「これよろしくっす」

「おう。お前か。またショボい海賊退治の依頼か？　相変わらず面白くねえ野郎だな」

この受付のおっちゃんはアントニオ・ローンズ。

元傭兵・色黒・ハゲ・マッチョの四拍子揃《そろ》ったおっちゃんだ。

これで実はギルドマスター。

なんて事はなく、この受付の普通の職員だ。

「面白くなくて結構。博打《ばくち》うって死ぬよりはマシでしょ。それにこの海賊退治だって油断すれば死ぬ事だってあるし」

「まあな。新人が死亡する一番の理由だな」

ショボいショボいと言っているが、相手は容赦なくこっちを殺しに来るのだから油断はできない。

にもかかわらず、一部の新人傭兵は、ショボい海賊だと舐《な》めてかかり、思わぬ反撃を受けて宇宙の塵《ちり》と化すわけだ。

まあ舐めプさえしなければ装備も貧弱だったりするから退治は楽ではある。

「だが、その依頼はちょっと待ってくれないか？」

普段ならそのまま説明を始める筈《はず》なのに、今日に限ってそうはならなかった。

「なんでです？」

「実はな、貴族令嬢が長期滞在先に移動する為《ため》の護衛を募集してて、その人数を50人用意しろと言ってきたんだ。それが後1人足りない」

「つまり人数合わせに参加しろってこと？」

「そうだ。報酬も悪くないし、50隻も船がいれば襲われる確率も少ないしな」

「お断りするお。それ絶対トラブルに巻き込まれるやつじゃん！」

戦場に援軍としてならともかく、護衛に50人は多過ぎ!!

目立ちまくって襲ってくれって言ってるようなもの。

それに、そんなに人数がいるなら絶対に主人公属性《いやなやや》の連中《つら》がいるに決まっている。

「そう言わずに受けてくれねえか？　人数揃わないとこっちもヤバイんだよ。令嬢側が指定した日が明日なんだ。それにその令嬢、なかなか美人らしいぞ」

美人の貴族令嬢というのは大抵ろくでもないのが多い。

たとえ本人がいい人でも、大概周りにはろくでもないのがへばりついているものだ。

なので、ここはなにを言われようとお断りだ。

「それはそっちの都合じゃんか。それに美人だったらよけいにお断り！」

そういってショボ海賊退治の登録を要請した。

「わかったよ。今詳細をやる」

ローンズのおっちゃんは、仕方がないとため息をついて手続きを開始した。

そんなやり取りをしていると、

「おい貴様！」

と、後ろから声をかけられた。

なんだろう？　依頼関係の話をしている時に話しかけるなんて随分マナーの悪い奴《やつ》だ。

そう思って振り向いた瞬間に、顔を殴られた。

殴ってきたのは、10代後半くらいで、自信に満ち溢《あふ》れた感じの表情を常に浮かべている感じの、背の高いすらりとした体型で中性的な顔立ちのイケメン君だった。

服装も、清潔感に溢れつつスポーティーで優美なデザインのものを着ていた。

しかし今現在は激しい怒りの表情を浮かべている。

なんなんだこいつ？

幸い殴られても転倒したり膝を突いたりはしなかったけど、いきなり殴ってくるってなんなんだお?!

僕はこいつとは初対面だし、何かした覚えもないんだけど？

イケメン君は僕を殴ってから間髪を容《い》れず、

「依頼主の女性は50人もの護衛が居ないと不安だからと傭兵ギルドに助けを求めているのになぜ依

頼を受けない？　貴様それでも傭兵か！　それを断るなんて傭兵失格だ！　今すぐ辞めろ！　この腰抜けのキモオタ野郎が！」

と、僕を罵《ののし》ってきた。

あーなるほど。

こいつ、傭兵を『弱きを助け強きを挫《くじ》く正義のヒーロー』だと思い込んでるんだ。

多分、僕やローンズのおっちゃんがなにをいっても聞く耳を持たず、自分の信念を絶対だと信じて疑わないタイプだ。

どうしたらいいものかと悩んでいると、ローンズのおっちゃんがこのヒーロー君に声をかけた。

「ギルドでの揉《も》め事《ごと》は止《や》めて貰《もら》おうか？　それに、お前の階級は兵士《ポーン》、そいつは騎士《ナイト》だ。先輩なのはもちろんだが、傭兵がどんな仕事を受けようが断ろうがそいつの勝手だ」

ローンズのおっちゃんがきつめな口調で注意するが、

「間違いなくこんなやつよりは俺の方が強いんだから今すぐ階級を上げてほしいね！」

ヒーロー君は僕を鼻で笑い、おっちゃんの言葉を無視し、完全に自分に酔っている言動をしていた。

「だったらこの依頼の最後の１人はお前が受けるか？」

「当然だ！」

そういって、ヒーロー君は自分のギルドカードと端末をカウンターに叩《たた》きつける。

「書いてある規定の時間までに指定の場所に向かえ。遅刻は許さん」

そんな注意をしながらローンズのおっちゃんは手続きを始める。

ちなみに傭兵ギルドには、傭兵の貢献度によって階級《ランク》が6段階あり、下から、兵士《ポーン》・城兵《ルーク》・騎士《ナイト》・司教《ビショップ》・女王《クイーン》・王《キング》という、チェスの駒の階級があてられている。

そのカードの色は、兵士《ポーン》：緑・城兵《ルーク》：黄・騎士《ナイト》：青・司教《ビショップ》：白・女王《クイーン》：赤・王《キング》：黒となっている。

ちなみに騎士《ナイト》までは貢献度だけで上がれるが、司教《ビショップ》になるには試験が必要。

ちなみに僕は、さっきローンズのおっちゃんが言っていたように騎士《ナイト》だ。

試験が面倒臭いし、注目されることにもなるので試験を受けるつもりはない。

そんなことを考えていると、ヒーロー君がこちらを睨《にら》み付け、

「まあお前みたいな腰抜けキモオタが入るよりは、依頼主も喜ぶだろう。それと、今後俺の前に現れたら容赦しないからな！」

と、僕に罵声を浴びせてからその場から立ち去って行った。

「なんなのあいつ……いてて……」

「新人だが、初っぱなからデカめの依頼をいくつも成功させてる。まあ、期待のエリートって奴だな」

殴られたところを押さえている僕に、ローンズのおっちゃんが相手が何者か説明してくれた。

「それにしてもお前、なんで反撃なり反論なりしなかったんだ？」

「だってあいつ、絶対こっちの話なんか聞かないでしょ。仮にギルド内での暴力行為を訴えたところで、ファンの女の子なんかが擁護しまくって、判決を出せる人までがあいつのファンの女の人に掏《す》り替わったりするでしょ」

多分ヒーロー君の中では、僕は悪の組織の雑魚《ざこ》敵ぐらいの扱いになっている。

下手をすれば銃くらい平気で抜いてくるだろうし、社会的な抹殺だってやりかねない。

「そいつは俺も同感だな」

「さっきの依頼は圧力があったんだろうけど、あんまり回さないでもらえるとありがたいかな。んじゃ手続きの続きよろしく」

僕はそういって腕輪型端末《リスト・コム》をローンズのおっちゃんに差し出す。

「へいへい、わかってるよ」

ため息をつきながら、ローンズのおっちゃんは手続きを再開した。

モブ No.4

「あの怠け者の臆病者っ！」

ローンズのおっちゃんが手続きを再開すると、僕の後ろに何者かが立った気配がして、さっきと同様に後ろから声をかけられた。

「新入りに殴られた癖に反撃もしないとはね。貴方《あなた》それでも騎士階級《ナイトランク》の傭兵《ようへい》なの？」

イラついたような口調で声をかけてきた人物は、身長は170㎝ぐらい。ロングストレートの綺《き》麗《れい》な白銀の髪でアメシストみたいな紫の瞳。白い肌に完璧スタイルの、僕のような人間が関わってはいけない美人さんだった。

その美人さんが何者かというと、名前はフィアルカ・ティウルサッドさんといい、司教階級《ビショップランク》の傭兵だ。別名は『女豹《レオパール》』なんて呼ばれている。

別に彼女に豹《ひょう》の耳と尻尾が生えてるわけではなく、彼女の戦闘艇に豹のエンブレムが描かれているからだ。

そんなどちらかといえば主人公属性《いややなやつら》の連中のグループに属する凄《すご》い人が、なぜ僕なんかに話しかけてくるのか？

理由は簡単。僕が気に入らないからだ。

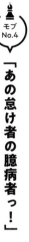

最初に軍主宰の海賊退治に参加した時の補給基地で会った時はなんのことはない世間話をしただけだった。

しかし2回目、傭兵ギルドの駐艇場《ちゆうていじよう》で会った時には、

「貴方には向上心というものはないの?! 私は貴方のような怠惰な人間が一番嫌いなのよ!」

と、怒鳴り付けられた。

それ以降、ギルドの受付なんかで顔を合わせる度に『やる気あるの?』とか『大きな仕事は受けないのね』などといろいろ罵声を浴びせてくる。

そのせいで周りの連中、特に主人公属性の連中《いやなやつら》からは、僕が彼女に話しかけられること自体が気に入らないのもあって、前から言われてはいたのだけれど、より嫌なことを言われるようになってしまった。

『それってツンデレなんじゃね?』と思うかもしれないが、そんなことが起こるのはハーレム系主人公だけで、僕みたいなのに発生することはあり得ない。

そんなこともあり、僕は彼女が苦手だ。

「あのタイプの人は絶対こっちの話なんか聞きませんよ。仮にギルド内での暴力行為を訴えたところで、ファンの女の子なんかが擁護しまくって、判決を出せる人までがあいつのファンの女の人に掏《す》り替わったりして実刑くらいますからね。本人の気の済むようにしておくのが一番なんですよ」

ともかく反撃しなかった理由を説明したが、貴女《あなた》もあっち側でしょう? とは流石《さすが》に言わなかっ

た。

「だからといって舐《な》められたままでいいの？」

「厄介事は面倒臭いんで」

そう返答すると、彼女は物凄い形相《ぎょうそう》で僕を睨《にら》み付け、

「ふん！　せいぜい死なないようにショボい依頼でも受けて小銭でも稼いでなさい！」

と、吐き捨ててからその場を去っていった。

「お前は相変わらず『フィアルカ《レオパール》』に嫌われてるな」

「向こうとしては生理的に嫌いなんでしょ。だったら話しかけなきゃいいのに」

ローンズのおっちゃんもやれやれという表情で、立ち去っていく彼女を見つめる。

その彼女は、何人もの男女に話しかけられたり、受付嬢からもうっとりと眺められたりしていた。

おっぱいの付いたイケメンというよりは、麗しき御姉様《おねえさま》って感じだね。

僕とは住む世界が違う人なのは間違いないお。

☆　☆　☆

【サイド：フィアルカ・ティウルサッド】

あの男には本当に腹が立つわ！

私はシャワーを浴びながら、さっきの事を思い返していた。

戦闘艇《ドッグファイト》の操縦技術において私より遥《はる》かに格上で、実力を考えれば女王階級《クイーンランク》にいてもおかしくないのに、なぜ騎士階級《ナイトランク》なんかで満足しているのよ！

いえ、騎士階級《ナイトランク》を馬鹿にしているわけではないわ。

どうしてあいつは、実力にふさわしい地位に就こうともしないのかということよ！

確かに司教階級《ビショップランク》からはやけに貴族出身の傭兵が多く、色々な嫌がらせなどもあるのは間違いないわ。

実際この私が、領地の惑星を持たない法衣《ほうい》子爵の令嬢という身分から色々と嫌がらせを受けてきたから間違いないもの。

でも！　私はその連中を実力で黙らせてきた！

あいつにはそれだけの実力がある。なのにどうしてそれをやらないのよ！

「あの怠け者の臆病者っ！」

私はシャワー室の壁をつい乱暴に叩《たた》いてしまった。

「何かありましたか御嬢様《おじょうさま》?!」

その音に、私のメイドであるアンドロイドのシェリーが慌ててやって来て声をかけてきた。

「ああ、ごめんなさい。なんでもないわ」

私はシャワーを止めてドアを開け、シェリーからバスタオルを受け取って身体《からだ》を拭き、バスローブを着てからラウンジに向かいソファーに座る。

そしてシェリーがすばやくアイスコーヒーの入ったグラスを持ってきてくれたので、ストローをくわえてコーヒーをいただいた。

冷たくて苦いコーヒーが、心を落ち着かせてくれる。

ちなみにここは自宅ではなく、私が操る戦闘艇『エガリム』の母艦でもある中型宇宙船『ウクリモ』の船内。この船には戦闘艇の格納庫と宿泊施設を備えていて、長距離の移動も楽になるし、戦場まで戦闘艇の燃料を消費しなくていいのよね。

「さっきの壁ドンは、またジョン・ウーゾス様の事ですか……」

シェリーは私に呆《あき》れたような口調でそう尋ねながらため息をつく。

彼女は女性型・全身機械体アンドロイドで、その外見は非常に滑《なめ》らかでしなやかな金属で覆われており、エネルギーコアから伝わる熱が体温のように感じられ、まるで生身の人間の皮膚が金属になったかのような見た目をしている。

頭部には髪の毛を模した、滑らかな金属板があり、顔は、目の部分がレンズプレート状になっている以外は人間そのもので、口も開き、表情も変わる。

とはいえ呼吸はしていないのでそういう仕草をしているだけなのだけれど、本当にため息をついているようにしか見えないのよね。

ちなみに彼女には、せっかくなので侍女《メイド》の衣装を着てもらっている。

「あの男、新人の傭兵に殴られて罵声を浴びせられていたのに、反撃はおろか反論すらしなかったのよ?!」

私はその時の光景を思いだし、また怒りが込み上げてきた。

「あのタイプの人は絶対こっちの話なんか聞かないし、反撃したら周りが自分の敵にしかならないから本人の気の済むようにしておくのが一番なんだとか言い訳までして！」

私は残っていたアイスコーヒーを一気に飲み干した。

「なんであんなのが、私より戦闘艇《ドッグファイト》の操縦技術の実力《うで》が遥かに上なのよ？　ムカつくったらないわ！」

思わずグラスを指で弾《はじ》く。

「ある意味人格者なのではないですか？　『能ある鷹《たか》は爪を隠す』『大賢は愚なるが如《ごと》し』。本当に実力のある人はそれを見せびらかしたりしないものですよ」

「それはわかるけど――」

シェリーのいってることはよくわかる。

私と同じ司教階級《ビショップランク》で、私より戦闘艇《ドッグファイト》の操縦技術が弱い癖に大口を叩いてる奴《やつ》は大勢いる。

もちろん傭兵の評価は操縦技術《ドッグファイト》だけではない。でも納得ができないのも事実なのよね。

当然だけど、あいつに戦闘艇の操縦技術《ドッグファイト》で勝てれば、こんなことは考えなくてすむわ。でもだからといって、模擬戦を申し込んだら「あ、僕じゃ相手になりませんよ。そっちの勝ちでいいです」って返してくるに決まってるのよ！

「考えてたら腹が立ってくるから、仕事に行きましょう。選抜《ピックアップ》はできてる？」

「はい。こちらに」

私はどうやってこのストレスを発散させてやろうかと考えながら、シェリーから渡された仕事の一覧《リスト》を眺め始めた。

モブ No.5

「あーあー。そこの小惑星にお住まいの方。いらっしゃったらご返答をお願いします」

仕事を受けたその日の内に補給を終え、僕はギルドを出発した。

僕の船『パッチワーク号』は、探査・防御・操作性に重点を置いており、速度と火力は平均程度しかない。

主人公属性の連中は、速度と火力さえ上げておけば、敵は向こうからのこのこやってきて、向こうからの攻撃は絶対に当たらず、どんなピーキーな操作性の船でも完璧に使いこなすため、それら以外の性能は必要ない。

しかし雑魚《ざこ》モブの僕にはそんなことは起きないため、その3つは生き残るために必要な要素だ。

ちなみにさっきの50人も集める依頼には、目立ちまくる・嫌な奴《やつ》らがいる以外にも様々なヤバイところがある。

分かりやすいのは純粋な弾除《たまよ》けにされることだ。

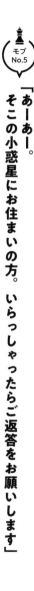

人数がいればそれだけ目標が分散されるし、自分の船に当たるまでに威力も小さくなる。

よくある例を挙げると、依頼人が何者かからの襲撃の標的になっているため、移動中に襲撃にあうのが前提だから弾除けの数を揃《そろ》えているというものであったりする。令嬢の護衛なんてのはよくある方便だ。

次にありそうなのが、見栄えがいい連中を揃えてえこひいきし、自分の護衛として引き抜くことだ。

50人もいれば、イケメンはもちろんおっぱいの付いたイケメンもいたりする。

そういう連中を探しだしたりするために人数を集めたりする。

そしてそうなると、絶対に発生するのが報酬の格差だ。

もちろん、襲撃者を撃退したり、依頼人を庇《かば》ったりしたなどの功績があれば当然だが、そういう事が一切ないにもかかわらず、お気に入りには増額、それ以外は減額という、理不尽なことが行われたりする。

後は見栄えが良くなるという理由がある。

大勢の護衛を連れているというだけで、気分が良くなったりする人は、貴族には多数存在するからだ。

僕が新人のころに、貴族出身のギルドの幹部職員が依頼人の貴族令嬢に良いところを見せようとして、無理矢理この手の依頼に強制参加させられたことがある。

そのときは、見た目が良い連中の比較対象にされて嫌みをいわれつづけたり、それこそ弾除けに使われそうになったりと、ひどい目にあったことがある。

そんなことを考えているうちに、海賊が出没する宙域にたどりついた。

まずは探査を開始。通常の探査レーダーは10億㎞ぐらいだが、この『パッチワーク号』はその倍の20億㎞を探査できる。

この間絡んできた意思のある戦闘艇《ロスヴァイゼさん》なら、100億㎞くらいできるのかもしれない。

探査箇所は小惑星帯《アステロイドベルト》や廃棄コロニーやデブリの集積所、惑星の衛星などの、人の動きが少ないところでそれをひとつひとつ調べていく。

さらには近くの有人コロニーや居住区のある衛星なんかに聞き込みにもいってみる。

そうやって地道な探査・調査を繰り返し進めていた4日後に、わりと大きめの小惑星を発見した。

小惑星帯《アステロイドベルト》にあるなら怪しくないが、そんなものがない空間にポツンとあったら怪しさ100倍だ。

しかもその小惑星から熱量が計測された。

つまり、人工的な何かがその小惑星にあるということになる。

とはいえああいう小惑星を改造して世捨て人生活をしてる人もいるから、確認はしないといけない。

もし住んでいる人が頑固な世捨て人のじいさんとかだったら、説得に応じなかったりしてマジめんどくさいことになるお。

さらに言えば、何らかのトラブルで小惑星帯《アステロイドベルト》から弾《はじ》き出されてしまったという場合もあるが、そういった場合は直《す》ぐに被害者から連絡がきて、警察や軍が救出にくるため放置されることはないけど、弾き出された直後や無人だった場合、さらにはなかに居る人が気絶、最悪亡くなっていたりする場合もある。

なので、まずはこの宙域で一番近い有人惑星の役所に連絡をして座標《ポイント》を伝え、その場所に人が住んでいるかどうか確認する。

向こうからの返答は、その座標に住人は確認できず、近くの小惑星帯《アステロイドベルト》から弾き出されてしまった登録済みの小惑星住宅《アステロイドハウス》がないことも証明された。

つまり勝手に住んでいるということになり、海賊の基地の可能性は高くなった。

それでも一般の人が勝手に住んでいる可能性もあるので、とりあえずバリアの準備をしてからオープン回線で話しかけてみる。

「あーあー。そこの小惑星にお住まいの方。いらっしゃったらご返答をお願いします」

5分ほど経過しても返答はない。

「えー貴方《あなた》が現在滞在中の座標は、宇宙航行法の規定により、航行妨害にあたります。速やかに座標の移動および手続き、もしくは現在居住中の小惑星の廃棄をお願いいたします」

ちなみに小惑星帯《アステロイドベルト》以外での小惑星への居住はマジで禁止されていて、デブリ扱いになるので、破壊しても問題はない。

それからさらに5分経過。

最終手段を実行だお。

「返答がないようなので無人と見なして破壊処理を敢行します。破壊開始まであと5分」

こういうと大抵慌てて出てくるんだけど……本当に留守なのかな？

そんなことを思ってると、小惑星がゆっくりと動きはじめた。

よく見れば、移動のための噴射口《ノズル》がいつの間にかあらわれていた。

たぶんカモフラージュのために格納してたんだろうな。

「どうやら人がいるのは間違いないか」

僕は直ぐにバリアを張り、事態に対処するために身構える。

不審な小惑星住宅《アステロイドハウス》は、ゆっくりと僕の船からはなれようとしている。

退去するつもりなのかどうかは知らないけど、犯罪者でないならどうしてこんな場所にいたのかを、一番近い有人惑星の地元警察に説明してもらって、その後にしっかりと罪を償《つぐな》ってもらわないといけない。

「あーあー。退去する前に地元警察への事情説明をしていただかないといけないので止まってくださーい！」

攻撃をしてきたわけではないので、まずは話し合いをと声をかけたが、その必要はなくなった。

その小惑星住宅《アステロイドハウス》から、小型の戦闘艇が出てきたからだ。しかも2機。

それを確認した瞬間にバリアを解除し、その艇達《ふねたち》に向かって急接近しながらビームを放った。

当てるつもりはない。相手が慌てるなりしてくれれば十分だ。

おそらくこっちを足止めして、小惑星住宅《アステロイドハウス》を逃がすのが目的だろう。

なので、こっちの行動に対して避《よ》けるか逃げるかしたら、そのまままっすぐ小惑星住宅《アステロイドハウス》に向かって攻撃。

壁になろうと突っ込んできても、かわしてそのまま小惑星住宅《アステロイドハウス》に攻撃だ。

どちらにせよ小惑星住宅《アステロイドハウス》に攻撃し、移動用の噴射口《ノズル》に当てて動けなくすればこっちのもの。あとは出てきた艇《ふね》達を撃破すればいい。

その時できるだけ破壊を少なくしておくと、買い取りの時に高値が付くので、その辺りも考えて撃破しないといけない。

するとその戦闘艇達は、ビームを避けるべく左右に避けた。

なのでスロットルを開いて小惑星住宅《アステロイドハウス》に接近し、噴射口《ノズル》にビームを命中させる。

爆発した様子はあるが、小惑星住宅《アステロイドハウス》は止まる事なくそのまま進んでいた。

しかし明らかに慣性で進んでいるのがわかった。

なのですぐに旋回し、戦闘艇達に向かってビームを放った。

てっきりかわされるだろうと思ったが、1機はあっさりと命中し、ふらふらと動いたあと動かなくなった。
『くそぅっ！　よくもガテルを！』
残った1機がこっちに向かってくるけどそんなに速くない。
僕の船『パッチワーク号』の方がまだスピードがでるだろう。
とりあえず警察に連絡っと。
「あー。いま警察呼んだんで、これ以上抵抗はしないように」
できないとは思うが一応勧告はしておく。
『くそぅっ！　せっかく海賊で稼いで、女房を見返してやろうと思ってたのに！』
『せっかく……借金して買ったのに……くそっ！　動け！　動け！』
いや、その状態で動かしたら危ないから。
『仕方ないよ。今までがうまくいきすぎたんだって……』
つか、よくこんな調子でショボい規模とはいえ、いままで海賊ができてたなあ……。

モブNo.6

「相手は侯爵家だ。聞く耳持たねえよ」

それからすぐ警察がきて、海賊のおじさん3人組を連行していった。

おじさん達《たち》は3人ともリストラにあい、奥さん子供にさんざん馬鹿にされてから離婚されてしまったらしい。

その元家族を見返すために、3人で組んで借金をして小惑星住宅《アステロイドハウス》と戦闘艇を購入し、海賊をはじめたらしい。

切ないというかなんというか……。

最初にやったときに成功しちゃったのも良くなかったんだろうな……。

あとはそれに味をしめたってところか。

まあ、凶悪な連中みたいに皆殺しとかしてなかったのはよかったかな。

奪い取った金額もショボいし、そんなに酷《ひど》いことにはならないだろう。

その辺りの話を、報酬をいただきにきたついでに傭兵《ようへい》ギルド受付のローンズのおっちゃんに話したところ、

「世知辛《せちがら》いな……」

と、しみじみと実感と哀愁のこもった呟《つぶや》きを漏らした。
それにしても、もしこれが主人公属性のやつだったら、
海賊は美人3姉妹で、
元々はでかくて歴史も威厳もある海賊団の首領《ボス》の娘で、
部下の裏切りで、自分の女にならないならと殺されかけるも、忠臣の命懸けの行動のおかげでなんとか生き延び、
裏切った部下に復讐《ふくしゅう》するために資金集めをしていた。
さらにはなんかの特例がおりて、その3姉妹は主人公のパートナーになったりする、ぐらいのことになるだろう。
そして今回の仕事の顚末《てんまつ》を話す前から気になっていたのが、
「で、あれどうしたの？」
傭兵達が何十人も連れだって、傭兵ギルドの偉いさんを囲んで詰め寄っている光景だった。
「50人単位の依頼があっただろう？　あれの報酬を依頼主がヒーロー君にしか払わなかったのさ。しかも全員に払う分をそいつに全額渡したらしい。なんでも依頼人《たったひとり》の侯爵令嬢が『報酬が貰《もら》えないのは、お前達が信頼に足る仕事をしていないからだ！』とか、貰えなかった連中に言い放ちやがってな」
聞いた瞬間、自分の耳を疑ったお。

あれだけの人数を集めて報酬未払いって絶対にヤバイお！

たぶん侯爵令嬢が、集められたうちの誰かを気に入ってえこひいきするために難癖をつけてそういう形にしたのだろう。

「大事《おおごと》じゃん！　ギルドは抗議はしたん？」

「相手は侯爵家だ。聞く耳持たねえよ」

やっぱりやらなくてよかった。

――貴族相手の仕事は、戦闘以外はあんまり受けない方がいい――

傭兵の先輩に教えて貰った言葉だ。

「で、その仕事を受注させたギルドの偉い人が責められてると」

「まあそんなとこだ」

いろんな傭兵に怒鳴り付けられている偉いさん、たしか依頼受注の責任者だっけ。

「それで、そのえこひいきされた人は傭兵辞めてその侯爵令嬢の専属になったの？」

おっちゃんは、僕の受けてない仕事の事だから詳しい話はしないけれど、そのえこひいきされたのは、絶対にあのヒーロー君で間違いないね。

「いや。『自分は傭兵です。ほかにも救わなければいけない人がいるんです』とか抜かして断ったらしい」

「相手は怒らなかったの？」

「そいつに令嬢がぞっこんらしくてな。怒るどころか感心しているらしい」

流石《さすが》主人公属性の人は違うお。

普通、貴族の要請に逆らおうものなら不敬罪という理不尽な罪を被《かぶ》せられかねない。

そこを、愛娘《まなむすめ》が惚《ほ》れているから、性格・人格・外見が気に入ったからと許される。

モブの僕だったらその場で死刑確定だろう。

まあその前に気に入られることすらないから大丈夫だけど。

てかそれだけいうなら、報酬をきちんと全員に払うように意見しろよ！

報酬額おかしいとか思わなかったの？

「そういえば、その報酬を貰ったえこひいきされた人の姿が見えないけど？」

「抗議する人達《あれ》に囲まれる前に帰ったんじゃないか？」

流石は主人公属性の人、時間や人の流れまで全てが味方だ。

しかしなんと言うかあのヒーロー君。侯爵令嬢が気に入るのも理解ができる。

なにせ、女の子の理想を全て兼ね備えた感じのイケメン君だからだ。

あれだけの清潔感がだせる人はなかなかいない。

そんな選ばれた一握りの完璧なヒーロー君に、モブが絡んでいいことはひとつもない。

関わらないのが一番だ。

「終わったぞ」

そうしてるうちに支払い手続きが終了した。

あのおじさん達の小惑星住宅《アステロイドハウス》と戦闘艇は、買い取りまでの手間賃を引かれてもそれなりの額が舞い込んだ。

「はい、確かに。少し休んだらまた仕事受けにくるよ」

「おう。またな」

こうして僕は報酬を手に入れ、傭兵ギルドを後にした。


仕事が終われば、後はアニメショップをぶらついてから自宅に帰るのだが、その前にやっておかないといけないことがある。

両親への仕送りだ。

高3の受験シーズン直前に父親が脱サラして農業をはじめたために、大学にはいけなくなった。

脱サラといっているが、本当は不当解雇されたらしいのはわかったのでとくに文句は言わなかった。

そんな理由で受験が急にだめになった上に、成績が抜群にいいわけでもないし、自分の外見では通常のバイトは難しいと思っていた。

そんな中、傭兵を選択肢に選んだ理由は、高1の時に学校の教師に騙《だま》され、傭兵団に無理矢理入団させられたことがきっかけだ。

そのときは僕だけではなく、不良や陰キャといった成績・性格・生活に難がある連中を、落第しないための特別な合宿だといって集めて、傭兵団に入団させた。

とはいっても実際には、人数をかさ増しして依頼者からの報酬を増やし、正規の団員の盾にするために連れて来られただけで、しかもその給料は全部教師の懐《ふところ》というふざけたものだった。

そのときの出撃で戦死した連中は、傭兵にさせられた事を楽観視して突っ込んでいったり、正規の団員の盾や囮《おとり》に使われたりして、僕を含めたたった3人を除いた37人が死亡した。

そして僕以外で生き残った2人は、まさに主人公的な活躍をして生き残った。

僕は楽観視せず、今のやり方と同様に、戦場の隅っこで生き残れるように立ち回って何とか生き残った。

ゲームでドッグファイト系のシューティングや、ファーストパーソンシューター《FPS》をやっていたのも、多少なりとも生き残れた原因のひとつかもしれない。

そしてその時に逮捕はされてしまったが、同じ傭兵団内でも、クソ教師と繋《つな》がっていたのとは違う派閥の、親切にしてくれた先輩傭兵が、

――どんな戦果《ウォーリザルト》だろうと生き残るのがいい傭兵だ。お前はいい傭兵になる――

と、いってくれたことが傭兵を選んだ理由のひとつかもしれない。

そしてもうひとつの理由が、その報酬の高さだ。

高1の時傭兵団に無理矢理入団させられ、その一度の出撃の直後に、そのクソ教師と傭兵団は逮捕された。

特に教師は反省の色もなかったので、最速で死刑が確定したのを覚えている。

その時に警察が教えてくれたのは、僕達を出撃させたその1回で、教師には1億2千万クレジットが入る予定だったらしいという事実だ。

40人で割れば1人頭300万クレジットになるのを聞き、ものすごく驚いたのを覚えている。

この1人頭分は、確実に戦闘になる依頼を受けた場合の相場らしい。

その事件の後の僕の高校生活は、生涯の友人を得るという以外は、特筆することもなく平穏無事に過ぎていった。

ちなみに両親は現在、父親の生まれ故郷の惑星タブルで、いろいろ大変らしいが夫婦仲良く元気に農業をやっている。

ともかく最寄りの銀行に行き、ATMで両親の口座に仕送りをすることにする。

自分の決めたルールとして、1回の報酬の1／3を仕送りすることに決めている。

今回の依頼報酬は40万クレジットだったけど、おじさん達の艇《ふね》が560万クレジットにもなった。

なので今回は、合計額の1／3の200万クレジットを仕送りした。

前回の依頼の時は、残骸回収不可で燃料弾薬は支給での300万ほどだったので100万を送っておいた。

最初は半分くらいでもと考えたが、不測の事態のための資金は取っておいた方がいい。

今回の依頼報酬の40万クレジットだけでも、1ヶ月分の生活費とアニメソフトのDXボックスセットが2つぐらいは余裕をもって買えるので、燃料費や整備・修理費を引いた分は全部貯蓄に回している。


仕送りが終わったら、移動や待ち時間に読むラノベや、新作アニメのデータソフトを買いに、アニメショップにいくことにする。

しかしその道中、会いたくない奴《やつ》の姿をみた。

僕と一緒に騙されて傭兵団に入らされ、僕と違って主人公的な活躍をして生き残った1人、リオル・バーンネクストだった。

かなりのイケメンで、誰にでも親切で、真面目で正義感が強く、成績優秀・スポーツ万能な、非の打ち所のない奴だ。

そしてそういう奴にありがちな『頑固』で『親切』なところがある。

だから僕はこいつが苦手で嫌いだ。

なので見つからないうちに早々に立ち去ろうとしたのだが、運の悪いことに見つかってしまった。

「やあ、ジョン・ウーゾス。いつまで傭兵なんかやっているつもりなんだい？」

モブ No.7

「とにかく僕は軍には入らないよ。それより恋人を待たせてていいの？デートの邪魔はしたくないんだけど」

僕が傭兵《ようへい》になってから、会うたびにこれを言われていていい加減うんざりする。

こいつ、リオル・バーンネクストは伯爵家の次男で、やんごとなき事情のために帝星からやってきて、僕の出身惑星であるこの惑星イッツの平凡な高校に入学してきた。

そんな貴族である彼が、どうして傭兵斡旋《あっせん》のメンバーに選ばれたのか。

推測だけど、実家からいらないもの扱いをされていたからだと思う。

そうでもなければ、彼のようなお貴族様が、僕が通うような平凡な学校に通うはずがないし、あんな犯罪の被害者になるはずがないのだ。

在学中は悲惨な事件の被害者として話題になり、卒業後はその時の実績を買われて帝国軍に入隊。

現在はエースパイロットとして、そしてプロパガンダの中心の1人として活躍している少佐殿という、わかりやすい成り上がり系主人公な感じだ。

敵対者がいたならざまぁぐらいしているのかもしれない。

ちなみに会うたびに言ってくる勧誘の言葉に対しての僕の返答は決まっている。

「前にも言ったけど、僕は軍に入った方が死ぬ確率が高いから嫌なんだって」

「それは傭兵だって同じだろう?!　だったら軍の方が色々保障や福利厚生も充実しているし、なにより帝国のためになるんだぞ?!」

こっちは本気で嫌そうな顔をしているのに、まったく気にすることなく自分の意見を押し付けてくる。

バーンネクスト《こいつ》がどうしてこんなに僕を軍にいれたがるのか?

本人としては、傭兵なんてヤクザな商売ではなく、同じような事をするなら軍隊の方がいいだろうと本気でそう思っているんだろうし、あの事件がきっかけで傭兵を毛嫌いしているのもあるのだろう。

だが軍内部での植民地民の雇用環境の実状は酷《ひど》いものだ。

実は僕の出身惑星は、70年前までは銀河民主国と呼ばれた国の首都で、70年前に帝国に侵略され植民地になったところだ。

そのため、軍や政財界などを始めとして、出身惑星によっての差別は当然存在し、軍なら貴族の弾除《たまよ》けかストレス解消の道具にされるくらいは当然だろう。

美人の女性なら身体《からだ》を差し出せといわれかねない。

様々な功績を上げてもそれを横取りされ、失敗を押し付けられることも普通に行われるだろう。

場合によっては、上官不敬罪をでっち上げられて処罰《殺》される可能性だってある。

これは植民地出身者だけではなく、元々の帝国市民も似たようなモノだ。

給与も、一般のサラリーマンよりは多くもらえるだろうが、人間としての尊厳と命を天秤《てんびん》にかけると考えると安すぎる。

貴族出身の彼は多分その辺りの事はわかってない。

そしてなにより、そうやって勧誘するのを、本気で『親切』だと思っている事だ。

はっきりいって関わりたくない。

軍になんか入ろうものなら絶対に絡んでくる。

その点傭兵ギルドは非常に居心地がいい。

自己責任が殆《ほとん》どだが、その分しがらみもない。

誰が軍になんか入るものか！

「傭兵だって、治安維持や物資輸送とか、十分帝国に貢献してるじゃんか」

「たしかにそうかもしれない。だったら軍で同じことをすればいい。そうすれば皇帝陛下もお喜びになるんだ」

そして勧誘の理由をもうひとつ推測すると、もしかしたら皇帝陛下が関係しているのかもしれない。

今の第38代皇帝アーミリア・フランノードル・オーヴォールス陛下は、青銀の髪に漆黒の瞳に白い肌の美女で、ネットでも『美女すぐる皇帝陛下』として話題になっている。

もしかすると彼は皇帝陛下と幼馴染《おさなな じ》みで、彼女の助けになりたいという純粋な思いで勧誘しているのかもしれない。

そして本人には自覚がなくても、幼馴染みの彼女に良いところを見せたいという願望もあるのかもしれない。

まあ理由はなんであれ迷惑にはかわりない。

ちなみに今バーンネクスト《こぃっ》と長く会話をしているせいで、僕の命が危うくなってしまっている。

その理由は、取り巻きの女性達《たち》。軍服姿だから部下か同僚か先輩かはわからないが軍人に間違いはない。が、ものすごい形相《ぎょうそう》でこっちを睨《にら》んでくるからだ。

さらにその腰には軍用のレーザーガンがあるのだから洒落《しゃれ》にならない。

もちろん彼女達が殺人をすれば罪に問われるし、皇帝陛下が提唱《ていしょう》した、貴族の犯罪に対する厳罰や意識改革が進んでいるとはいえ、貴族だった場合は罪から逃れたりするため、殺人の隠蔽ぐらいは実行される可能性が高いのだ。

彼女達からすれば、せっかく一緒にお出かけをしていたのに邪魔するんじゃねえ！って所だろう。

それならこの不毛な会話を切り上げさせて欲しいお。

こっちは話をしたくないって感じなのは解《わか》るっしょ？

でもそんなことは解ってくれるはずがない。

なので彼女達を利用させてもらう。

「とにかく僕は軍には入らないよ。それより恋人を待たせてていいの？　デートの邪魔はしたくないんだけど」

僕がそう指摘すると、連れがいたのを思い出したのか女性達の方に振り返った。

「デートじゃない！　すまないね君たち。待たせてしまって」

デートを否定したあと、彼女達に向かって申し訳なさそうな笑顔をむけた。

彼が微笑《ほほえ》むだけで、女性達の視線が集中し、睨み付けてつり上がっていた目が一瞬で蕩《とろ》けていく。

「そんな事ありませんわ。ご友人を心配なさる少佐は素敵です♪」

そしてそのうちの1人が、バーンネクストの腕に自分の腕を回した。

すると、

「そうですよ。私はこの後も時間がありますから大丈夫です」

と、もう1人も彼の腕に自分の腕を回した。

それを皮切りに、女性達は自分こそがその恋人だと言わんばかりにリオル・バーンネクストの腕の奪い合いを始めた。

「ちょっと君たち？　腕を摑《つか》むのはやめてくれ！」

いい感じでもめ始めたので、こっちに視線が向いていないその隙にその場を早々に立ち去ることにした。

「ほら。やっぱりデート中じゃん。じゃ、お邪魔虫は退散退散」

「まてっ！　まだ話が……うわっ?!」

僕は女性達に腕を掴まれ、身動きができないバーンネクストを尻目に、さっさとその場を立ち去った。

アニメショップは……なんか疲れたから明日にするお……。

部屋に帰り、シャワーだけ浴びて、近くのコンビニで買ってきた弁当を食べ、お気に入りアニメの公式サイトのチェックだけして寝ることにした。

☆　☆　☆

【サイド：リオル・バーンネクスト】

高校1年の時の、あの事件で生き残った内の1人であるジョン・ウーゾス。

どうして彼は僕の助言を受け入れないんだ？

傭兵なんかやっているより、帝国軍に入隊して功績をあげた方が、植民地惑星出身の彼が少しでも帝国の役に立てるというのに、どうしてそれを選ばないのだろう？

軍に入り、僕の部隊に所属できれば、それなりの地位にはつく事ができるし、人材を増やした僕の功績にだってなる！

頑張ってるアーミリアの助けにだってなるというのに……。

そうか！　僕に遠慮をしてるんだな！

自分みたいな植民地惑星出身者が、僕のような生粋の帝国貴族の近くにいたら、僕に迷惑がかかると思ってるんだな！

そんなこと僕は気にしないのに。

今度会った時には、僕の直属の部隊に配属されることを通達してあげれば喜んで軍に入隊するだろう。

素早い状況判断ができる彼なら、いい副官になれるはずだからな！

女性達に腕を掴まれながら、僕は自分の考えに納得していた。

モブ No.8

『ではただ今より、ブリーフィングを開始する！きちんと聞いておけよ傭兵ども！』

嫌なやつにでくわした昨日はやっぱりストレスが溜《た》まっていたのだろう。

お気に入りの動画サイトのチェックだけといいながら、動画配信なんかを閲覧してたら午前2時になってしまい、それから寝て目を覚ましたら既に正午になっていた。

「昨日行きそびれたから今日は行っておかないとな……」

今日は、昨日行くはずだったアニメショップ『アニメンバー』で、取《と》り敢《あ》えず続きの新刊と同人誌の購入。アニメのデータカードと新しく読む本の開拓なんかをすることにしよう。

そうそう、古い作品の発掘もしたいから『せいざばん』にも行っとくか。

「昼飯は外で食べるかな」

顔を洗いながら昼食の店を考えはじめる。

もう少し早く起きていたら昼食を作ってもよかったけど、出かける予定があってこの時間なら、掃除を済ませてから昼食の時間帯をずらして食べにいった方がいい。

そんなことを考えながら部屋の掃除を始める。

最低限、汚部屋にはしないことを目標に必ず掃除だけはするようにしている。

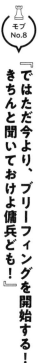

僕の住んでいるこのマンションは、傭兵《ようへい》相手に専門で貸しているところで、普通はダストシュートが各階にあり、そこにゴミを捨てればいいのだけれど、生存確認も兼ねているためかこのマンションには設置されていない。

そのかわり地下には種類別のダストボックスがあり、収集日に関係なく捨てることができるようになっている。

家賃の支払い期日や部屋のカスタマイズなども色々と融通してくれる。

ただし。家賃未払い状態で連絡がないまま6ヶ月が経過したら死亡と判断され、部屋の中にあるものは全て売却・処分されるという契約になっている。

家族がいて連絡が付いた場合は要相談らしい。

船は傭兵ギルドの駐艇場《ちゅうていじょう》に預けてあるので問題ない。

僕が借りているのは間取りが1LDKで、風呂・トイレ有りの物件で、他には2LDKや3LDKタイプの部屋があり、子供や主婦を1階のエントランスでみたこともある。

僕の部屋には来客なんかあるはずはないので、リビングにベッドを置いている。

唯一の部屋は、漫画・小説・同人誌・アニメデータカードを棚にきっちりと収納した書庫兼PC部屋になっている。

いかがわしいゲームは、やってると虚《むな》しくなるので最初に買ったひとつだけ、フィギュアは並んでると怖いので買わない主義だ。

だからPC部屋以外は意外と普通の部屋だったりする。

男の一人暮らしで少し散らかってはいるが、汚部屋には絶対しない。というかしてはいけない。以前汚部屋にして住んでた奴《やつ》がいたのだけど、何回忠告されても改善しなかったので、そいつが仕事にいっている間に部屋の中のものを全て売り飛ばされたという事実がある。

ちなみに契約書にもちゃんと記載してあるので文句は言えない。


掃除も終わらせ、服も綺麗《きれい》なものに着替えて、いざアニメショップ『アニメンバー』へと向かった。

『アニメンバー』のあるパルベアシティの繁華街には、自宅から最寄りの国営鉄道《エンプレスレールウェイ》の駅から列車で10分のパルベア駅から徒歩で10分ほどで到着する。

車《エア・カー》やエア・バイクは地上も空中もよく渋滞が発生するので、時間帯にもよるけれど、長距離なら鉄道、近距離なら徒歩のほうが早い。

帝国首都の惑星ハインなら、都市管理システムで動く個人用移動のカプセルカーなんかがあるけど、惑星イッツ《ここ》にはないのでしかたない。

それに僕は街中を歩くのがわりと好きだ。

地上の道路と走行可能空域《スカイウェイ》には車《エア・カー》だけではなくエア・バイクなどが行き交い、街並みは低層・

中層・高層などの様々なビルが乱立している。

行き交う街の人達《たち》。立体映像《ホログラム》の広告。店舗から漏れてくる流行《はや》りの音楽やその店のＰＲソング。ビルの屋上にあるエネルギー・スタンドやカフェ。自走式の自動販売機とゴミ箱。機械丸出しアンドロイドの店員がいるスイーツショップ。ガレージが部屋の真横にある高層マンションなど、普段から命が危うくなる環境にいるからこそ、平凡で安全な街中を見るのは好きだ。

場所や惑星によっては、スラムみたいな治安の良くない所もあるから気を付けないといけないけどね。

まあパルベアシティは比較的治安の良い所だから大丈夫だろうけど。

その繁華街にある『アニメンバー』の入っているマシトモビルには、他にも、様々なアニメやホビーやトレカやゲームの店舗がひしめき合っていて、『せいざばん』もこのビルに入っている。

お昼時なのもあって『アニメンバー』の店内は客が少なかった。

ちなみに店員はアンドロイドとヒューマンが半々で、コスプレをして接客をしていたりする。

アンドロイドは身体《からだ》のパーツを組み替えたりして、キャラそっくりになっていたりする。

今は『リセットリコール』の仁織乃千聖《にしきのちさと》ちゃんと上岸多輝奈《かみぎしたきな》ちゃんが人気だ。

僕は自分の好きなラノベ・漫画・同人誌の新刊を探して購入し、『せいざばん』で古い作品を探して発掘を楽しんだあと、軽くいろんなフロアをそぞろ歩きしてから、マシトモビルを後にした。

それから、昼食時間をすぎて多少は人が少なくなったファストフードで昼食をすませると、そのまま一回家にもどり、傭兵ギルドに向かうことにした。

その理由は、食事中に特別召集令状・通称『赤紙』が届いたからだ。

これは傭兵ギルドがギルド員である全ての傭兵に発行することができるもので、現在別の仕事を請け負っていたり、怪我《けが》・病気・女性なら妊娠・出産・戦闘艇の長期修理・喪失などの理由がないかぎり、応じなければならない。

どうやら今回はポウト宙域全体の傭兵ギルドに発せられたらしい。

これを無視したり拒否したりするとそれなりのペナルティがある。

なのですぐに出発できる準備をしてギルドにやってきた。

「ちーっす」

「よう。遅かったな」

「ご飯食べてる時だったからびっくりしたっす。で、どういう理由で赤紙が？」

「詳しくは30分後にあるブリーフィングで軍から聞かされるだろうが、どうやら大物の海賊退治の露払いをしろって話だ」

ローンズのおっちゃんに今回の召集の理由を尋ねたところ、ものすごく嫌な答が返ってきた。

それから30分の後に、召集された傭兵達は式典なんかに使われるホールに移動させられた。

そこには、あのイキリ君やヒーロー君や《レオパール》フィアルカさんの姿もあった。

ということは……。

『お久しぶりですねキャプテン・ウーゾス♪』

「やっぱりきましたか……」

イキリ君所有の戦闘艇であり、古代文明の遺跡から発掘された意思のある超兵器・小型戦闘艇WVS-09ことロスヴァイゼさんから、僕の腕輪型端末《リスト・コム》に通信《でんわ》が来た。

船の通信も腕輪型端末《こっち》もブラックリストにしているはずなのに、なぜ繋《つな》がったかは考えたくない。

『私に乗り換える話、考えていただけましたか？』

僕の使っている腕輪型端末《リスト・コム》には、小さいながらも投影ディスプレイが搭載されていて、その投影ディスプレイに映るロスヴァイゼさんがあからさまな笑顔を向けてくる。

「それは前に断りましたよね？　それにここにいるってことは、あのイキリ君とまだ一緒にいるんでしょ？」

僕が自分の意思を伝え、彼女の現状を指摘すると、

『泣きつかれましたから一緒にいてやっていますが、いつでも見限れますよあんなの』

と、なかなかに鬼畜な発言が返ってきた。

やっぱりこのロスヴァイゼさんは信用できない。

イキリ君より能力が高いから僕に乗り換えるということは、僕より能力が高い奴がいればそちらに乗り換えるということだ。

そんなことをしているうちに、前方の巨大な投影ディスプレイに壇上とガタイのいいおっさんの軍人が映し出され、

『ではただ今より、ブリーフィングを開始する！　きちんと聞いておけよ傭兵ども！』

と、僕達傭兵に向かって大声をあげた。

作戦内容はこいつが説明をするのかと思っていたのだが、その予想は裏切られた。

『では、私の方から説明を』

ガタイのいいおっさん軍人の代わりに、ディスプレイの奥の壇上にあがって説明を始めたのは、リオル・バーンネクストと同じく軍のプロパガンダを務めている有名人、プリシラ・ハイリアット大尉だった。

帝国軍でも1・2を争う有能な将軍として名高いラスコーズ・ハイリアット大将閣下の娘で、帝国軍親衛隊の副長を務めている。

黒髪に紫の瞳に白い肌、おまけに美人でスタイルもいいと来れば、大概の男は見とれてしまうだろう。

さらには、作戦指揮能力と兵站《へいたん》維持能力においては父親以上との呼び声が高い。

プロパガンダにはうってつけの人材だ。

『今回傭兵の皆さんへの依頼は、カイデス海賊団の基地襲撃のための橋頭堡《きょうとうほ》の確保です。凶悪で強大なカイデス海賊団を殲滅《せんめつ》させるためには、どうしても今回の作戦が重要なのです』

そのハイリアット大尉は真剣な表情で説明をしている。

『私、あの女嫌いです』

そのハイリアット大尉に対して、ロスヴァイゼさんが悪態をつく。

実はハイリアット大尉に対して、ロスヴァイゼさんのような反応をする人達は確かにいる。

なんというか、ハイリアット大尉は軍人として振る舞ってはいるけれど、なんとなく保護欲を誘うような雰囲気があり、頼み事が上手で人あしらいも上手。

しかもそれをテクニックとしてではなく生まれながらにして身につけている感じがする。

悪くいえば、生まれながらにあざとい女性なのだ。

おそらく本人は真面目にやっているだけになんとも不憫《ふびん》な話だ。

まあ僕には縁もゆかりもない人だし興味もないけど。

『なお、今回の作戦実行にあたって、強力な援軍にきていただきました』

ハイリアット大尉が視線を向けた先には、特注品らしい黒いパイロットスーツ《宇宙服》姿の男が映し出された。

『傭兵の方たちならご存じでしょう。全宇宙にひろがる傭兵ギルドという組織において、たった12

人しかいない王階級《キンググランク》の傭兵の1人、アルベルト・サークルードさんです！』
紹介された黒いパイロットスーツ姿の男は、軽く片手をあげた。

モブ No.9

『キャプテン・ウーゾス。貴方には残念な報告があります……。私は……運命の方をみつけてしまいました……』

傭兵《ようへい》ギルド全体でも12人しかいない王階級《キングランク》ランクの1人、アルベルト・サークルード。

まさかあんな有名人が出てくるとは思わなかった。

長身でイケメンなのはもちろん、『ワンマンフリート』『漆黒の悪魔』なんて異名がつくほどの実力者だ。

噂《うわさ》だと、乗ってる船はある造船所が試験的に製作したバケモノ船で、彼以外操縦できないらしい。

そんな彼がいるなら、今回のカイデス海賊団の基地襲撃のための橋頭堡《きょうとうほ》確保の仕事はうまく行く可能性は高いだろう。

もしかすると、ハイリアット大尉は彼に協力を取り付けてから、今回の作戦を立案したのかもしれない。

それからすぐに作戦の説明が始まった。

まず各惑星ごとに集合地点に時間までに集結。

その後、傭兵部隊が包囲してから迎撃部隊を殲滅《せんめつ》。

その後に軍の親衛隊が基地内に突入・制圧する。

作戦としては至極オーソドックスかつ使い古した戦法だ。

基地からの砲撃・迎撃部隊の抵抗も当然想定内。もちろん傭兵の消耗する確率も。

それは別にいい。傭兵はそんなことは覚悟の上で仕事をしている訳だし。

だが問題なのは、基地内に突入・制圧する帝国軍の連中だ。

本来なら、中央艦隊の討伐部隊や惑星防衛艦隊が適任なのに、なぜか親衛隊が主軸に据えられているからだ。

帝国軍親衛隊は、帝国の長たる皇帝陛下のための部隊だ。海賊退治に駆り出していい部隊じゃない。

にもかかわらず、主軸となって動くということは、一種の軍事的示威《じい》活動なのだろうと思いたい。

なのでもちろん腕利きの部隊が向かってくれるとは思うが、もしやんごとなき方々の無能共《の》
実力披露《レクリエーション》の機会だった場合、二度手間どころかへたをすれば八度手間ぐらい平気でかかり、しかも失敗の原因をこっちの責任にしてきたりする。

基地内に入ってないのにどうやってそっちの邪魔をしたことになるお?

正直付き合っていられない話だ。

まあ今回は有名人がいるからなかなか擦《なす》り付けられないだろう。

戦力についても、ロスヴァイゼさんにヒーロー君にフィアルカ《レオパール》さんもいるわけだし。

『このように強力な援軍もそろいました。帝国の平和のために、この作戦を必ず成功させましょ

う！』

ハイリアット大尉が芝居がかった口調でブリーフィングを終了させ、

「では、銀河標準時20：00までに指定の宙域に集合せよ！」

そしてガタイのいい軍人の言葉で作戦準備が開始された。

既に燃料と弾薬は満載してあるので、駐艇場《ちゅうていじょう》から戦闘艇が次々と出発していく。

僕はもちろん最後の方に出発だ。

出発してから1時間程で指定宙域にたどり着き、僕達《たち》傭兵はカイデス海賊団のアジトを包囲した。

そこは辺り一帯が様々な戦闘艇でひしめき合い、まるで戦闘艇の見本市のようになっていた。

そのなかで異彩を放ってるのは、

アルベルト・サークルードの、船体全部が黒一色で、胴体の部分にデフォルメされた悪魔のイラストが小さく描いてあるだけの機体と、

イキリ君こと、ランベルト・リアグラズ君が乗せてもらっているロスヴァイゼさんの、銀と黄緑に羽兜《はねかぶと》のマークの付いた機体だ。

それだけ見るとあの2隻がトップエースにしか見えない。

そしてその集団の後ろから帝国軍親衛隊の艦隊が到着し、直《す》ぐ様《さま》全艦艇に向けての通達があった。

『全将兵の諸君！　私は銀河大帝国軍親衛隊隊長、キーレクト・エルンディバー！　大将の階級と、公爵の爵位を持つものだ！』

画面にはまさに王子様だと言わんばかりのイケメンが登場した。

いまの皇帝の従兄弟《いとこ》だそうで、話によってはこいつを皇帝にしようなんて話が何処《どこ》かで持ち上がってるらしい。

『凶悪なカイデス海賊団壊滅のための本作戦は、諸君らの双肩にかかっている！　帝国の、いや、世界の平和を脅《おびや》かす存在を、必ずや壊滅に追い込んでやろうではないか！』

大将閣下の言葉に全員が盛り上がるが、一部の男達は『イケメン爆発しろ！』と、怨嗟《えんさ》の声をあげているはずだ。

ともかく、カイデス海賊団壊滅作戦は開始された。

カイデス海賊団のアジトは巨大な小惑星を改造した要塞だった。

つまり、数日前に捕まえたおじさん達の小惑星住宅《アステロイドハウス》の凄《すご》いバージョンだ。

これだけの数の船が近づいたのだから、もちろん向こうからは迎撃のためビーム発射口が姿を現した。

『ビーム発射口確認！』

僕はその報告を聞いた瞬間に機体を発射口からずらした。

バリアがあるとはいえ、消耗はおさえるべきだと思ったからだ。

ほかの傭兵達もなれたもので、ルーキー以外は軽々とかわしていく。

アルベルト・サークルードとロスヴァイゼさんにいたっては、ビームをかわしながら発射口を次々と潰していく。

さすが『漆黒の悪魔』と『意思のある超兵器』はやることが違う。

向こうもヤバイと思ったのだろう、小型の有人戦闘艇から超小型の無人戦闘艇までがわらわらと現れた。

さすがに海賊船は出せないようだ。

さあ、お仕事お仕事！


そうして戦闘が始まってわずか30分。

すでに敵の戦闘艇の半分以上が壊滅していた。

主にロスヴァイゼさんが原因だ。

おおよそ人間には不可能な軌道を描《えが》きながら、物凄いスピードですれ違いざまに次々と敵の戦闘艇を撃破していく。

さすがの『漆黒の悪魔』もかなわないようで、やってることは同じでも、ロスヴァイゼさんの1／3ぐらいのペースで軌道も人間の範疇《はんちゅう》だ。

ロスヴァイゼさんに乗っているイキリ君こと、ランベルト・リアグラズ君は大丈夫なんだろうか？

しかしこれでイキリ君は益々《ますます》の注目株になったのは間違いない。

たぶん本人は気絶してそうだけど。

つか、絶対気絶するおあんなの！

でもそのお陰でこちらの被害は最小限に抑えられていた。

あくまでも最小限で、被害がないわけではない。

それからさして時間もかからず、外に居た敵の戦闘艇は全て撃墜され、砲門も沈黙した。

『よし！　傭兵達ご苦労！　あとは我々に任せてくれたまえ！』

キーレクト・エルンディバー大将閣下の号令と共に、制圧部隊がアジトに潜入していく。

あとはアジトから脱出してくる連中がいたら、捕縛なり撃墜なりすればいい。

それがなければあとは終了するまでのんびりしていればいい。

僕はボックスにいれておいたプラボックスのコーヒーと、買ったばかりのプラペーパー製の本《ラノベ》を取り出した。

汎用端末《ツール》にはいって嵩張《かさば》らない情報書籍《データブック》も悪くはないけど、僕はプラペーパー製の本のほうが何となく好きだ。

その時、ロスヴァイゼさんから通信《コール》がきた。

ろくでもない事だろうとは思うがとりあえず出てみることにする。

「はい。もしもし？」

するとロスヴァイゼさんは、深刻そうな表情で画面《モニター》に現れた。

『キャプテン・ウーゾス。貴方《あなた》には残念な報告があります……。私は……運命の方をみつけてしまいました……』

やっぱりろくでもない事だった。

だが予想はできていたので、

「アルベルト・サークルードですか？　それともキーレクト・エルンディバー大将閣下ですか？」

と、答えたところ、

『そうよ！　貴方以上に素晴らしく魅力的な方が2人も居るなんて信じられないわ！　私に乗ってもらうのはあの2人のどちらかしかないのよ！　貴方は早いうちに私に乗り換えておけばよかったんですよ。残念でしたね♪』

満面の笑みを浮かべながら、ビッチのような台詞《せりふ》を吐いた。

いやあ乗り換えてても絶対同じことといったでしょ貴女《あなた》は。やっぱり断っておいて正解だったお。

『ねえ！　どっちがいいと思います？　アルベルトさんは戦闘艇乗りの相棒《パートナー》として、キーレクトさんは絶対にお守りすべき方って感じなんですよね～♪　あーでもー……』

とりあえず僕は、はしゃぎまくるロスヴァイゼさんをそのままにして、ラノベを読み始めた。

多分長くなるから、この対応で間違いないだろう。

あとは制圧部隊の作戦終了を待つだけだ。

それにしても、操縦の実力を見せつけたアルベルト・サークルードの方はともかく、キーレクト・エルンディバー大将閣下の方は完全に外見と地位で選んだっぽいなあれは。

超兵器でもイケメンは好物なんだな……。

モブ No.10

「単刀直入に申し上げます。私に乗り換えませんか？」

ロスヴァイゼさんが、『では、私の新たなる乗組員《パイロット》をゲットしに行ってきます！』といって通信《でんわ》を切ったすぐ後、今度は女豹《レオパール》さんから通信がきた。

幸いこっちは船の、傭兵《ようへい》同士や指揮系統からの通信をうけとる回線で、全員に話しかける開放《オープン》・個別に話しかけ、誰でも割り込む事ができる個人的《プライベート》・個別に話しかけ、割り込みができない秘匿《シークレット》の3つの回線に切り替えが可能だ。

『どうやら生き延びたみたいね。ちょっと時間を寄越《よこ》しなさい』

なんだか表情的に怒っている感じがする。戦闘中に迷惑をかけたおぼえはないんだけどなあ。

まあこの人はいつも僕に対しては怒っているから、普段と変わらないけどね。

「どのようなご用件で？」

『秘匿回線《シークレット》にしてもらえるかしら？』

表情とは関係なく、真剣な様子でもあったので、秘匿回線《シークレット》に切り替える。

「それでなにかご用ですか？」

『ねえ。あの『黄緑の羽兜《はねかぶと》』が何者かしってるかしら？』

女豹《レオパール》さんは真剣な表情でそう尋ねてきた。

「ああ。ランベルト君の事ですか？」

正確にはロスヴァイゼさんの事だけど、話すわけにはいかないので、傭兵として登録しているであろうランベルト君の名前をあげておく。

『知ってるの?!』

その答えに、フィアルカさんは思わず声をあげた。

「たまたま彼の初陣《ういじん》に出くわして、名前を知ってるってだけですよ」

そう。親しい？　のはロスヴァイゼさんであって、ランベルト君とは話したことすらないんだよね。

『つまり彼は新人なのよね？』

「まあ、そうですね」

『戦果《ウォーリザルト》はどんな感じだったのかしら？』

「実は初陣では撃墜してないらしいんですよ。戦果報告書《リザルトレポート》を見ればわかるんですが、ランベルト君は敵機を十数機は引き付けて、味方の安全マージンを稼いでくれてたんですよ」

まあ実際は、ランベルト君が失禁したので、ロスヴァイゼさんが備え付けの清掃ドロイドで必死に掃除してたから攻撃に意識が行かなかっただけらしい。

『今回の戦果《ウォーリザルト》も考えて、それだけの腕なら試験を免除されて直《す》ぐにでも司教階級《ビショップランク》になってもおかしくはないわね……』

フィアルカ《レオパール》さんは真剣な表情で考え込みはじめた。

無理もないよね。あんな人間離れした軌道をしたうえに、とんでもない戦果《ウォーリザルト》をあげた人間がどんな人かは気になって当然だ。

まあ、人間じゃないんだけども。

そうやって考え込んでいたフィアルカ《レオパール》さんが不意に話しかけてきた。

『ねえ……悔しいとか思わないの？』

「あんな人間離れした動きする人に嫉妬はしませんよ。真似《まね》したら死にそうだし……」

『まあ……それは確かにそうかもしれないけど……』

正直、古代兵器であるロスヴァイゼさんとは次元が違いすぎる。そのことはフィアルカ《レオパール》さんも理解しているようだ。

『それでも後輩に抜かれるかもしれないのよ?!　悔しくないの？』

「特には思いませんね。司教階級《ビショップランク》に上がるつもりはありませんから」

フィアルカ《レオパール》さんの問い掛けに、僕はいつも通りに答えた。

『どうして貴方《あなた》はそう怠惰なのよ！　少しは周りの連中に自分の実力を誇示しようとは思わないの?!』

するといつもどおりフィアルカ《レオパール》さんは激怒し、怒鳴り付けてきた。

真面目の塊みたいなこの人からすれば、僕みたいな奴《やつ》は我慢ならないんだろう。

でも僕にだって、司教階級《ビシヨップランク》に行きたくない理由がある。

「面倒臭い事にしかならないですからね。それに実力を見せびらかすのもどうかと思いますし」

僕の返答を聞いた女豹《レオパール》さんは怒りで真っ赤になったあと、

『もういいわよ！』

といって回線を切ってしまった。

真面目な人からすると、僕は上昇志向のない怠惰な人間にしか見えないのだろうけど、それにはそれなりの理由がある。

フィアルカ《レオパール》さんも、僕と話して不愉快になるなら、必要最低限以上に会話をしなければいいのに。

それにしても、ランベルト君《ロスヴァイゼさん》の事を聞いてきたのは、組んで仕事をしたいとか思ったからなのかな？

まあ、女豹《レオパール》さんならロスヴァイゼさんに十分気に入られると思うし、大丈夫じゃないかな？

そんなことより、ラノベの続き続き……。

☆　☆　☆

【サイド：フィアルカ・ティウルサッド】

あの男との通信を切った私は、思わず眉間を押さえてしまった。

まさかあの『黄緑の羽兜』がまだ新人だったなんて！

てっきり別の支部から移ってきた、王階級目前《キングランク》の女王階級《クイーンランク》ぐらいに思ってたのに。

そんなすごい新人が出てきたにもかかわらず、あの男は焦る様子もなく、平然としていた。

あの男が後輩に追い越されたところで私にはなんの関係もないはず。

なのにどうして私はあんな奴を気にかけているのかしら……。

「御嬢様《おじょうさま》。お食事を御用意いたしました」

シェリーがサンドイッチとコーヒーとサラダをテーブルに用意しながら、私に話しかけてきた。

確かに戦闘で体力を使っているし、お腹《なか》も少しは減っているが、なんであいつはああいう言動をするのか気になって食べるどころではない。

「今のうちに召し上がった方がよろしいかと思いますよ。普段から少食気味なのですから」

しかしながら、その事を察したシェリーに食べなさいと言われてしまった。

これは提案しているようで、食べなさいと指導しているのが、子供のころからの付き合いでよく解《わか》ってしまう。食べないとお小言は確実ね。

「いただくわ……」

シェリー特性のローストビーフのサンドイッチは、相変わらず美味《おい》しかった。

そうして食事をしながら、

「ウーゾス様から情報はえられましたか？」

「例の『黄緑の羽兜』は入ったばかりの新人で、その初陣にあいつはたまたま一緒にいたらしいわ」

「それはそれは」

「そっちはどうだったの？」

「あの船の動画から、フォルムや性能を推測しつつメーカーを検索したのですが……一致するメーカーはありませんでした。フォルムの似た機体はありましたが……」

戦場で凄《すさ》まじい活躍を見せた『黄緑の羽兜』の情報を、シェリーと分担して調べた結果を報告しあった。

「機体もですが、そのパイロットも謎ですねえ」

「入ったばかりの新人があの戦果《ウォーリザルト》。しかも初陣では数十機を引き付けて無傷だったって話みたい」

「凄《すご》い方ですね。ランベルト・リアグラズさんという方は」

「そんなすごい後輩が出てきたのに、あいつは焦ってる様子がまったくないのよ。後輩に階級《ランク》を抜かれるかもしれないのに」

微塵《みじん》も焦らないことに頭にくるけれど、どうして気にも留めないのかも凄く気になる。

これだとたとえあいつに勝ったとしても、後輩に追い抜かれても全く気にしていないのだから、こちらの達成感は皆無なのよね……。

そうやって頭を悩ませていると、

「御嬢様は、ウーゾス様を倒したいのか、ウーゾス様が馬鹿にされるのが嫌なのかどちらなのですか？」

シェリーがとんでもない事を言ってきた。

「倒したいに決まってるわよ！」

私はシェリーの言葉に、強めの口調で反論する。

「でしたらウーゾス様の評判などどうでも良いではありませんか」

「う……」

シェリーの指摘に私は言葉を詰まらせる。

私としては、あの臆病者に勝利すればいいだけのはずなのに、どうしてそんな事が気になるのか考えるだけでモヤモヤしてしまう。

「まあ、別の意味で御嬢様の怒りを買う連中よりはマシな方なのは間違いありませんけどね」

私が反論できないのを理解しているのか、シェリーは話を切り替えてくれた。

☆　☆　☆

【サイド：小型戦闘艇ＷＶＳ－09・ロスヴァイゼ】

私は運がいい。

私が乗せるにふさわしい存在が、２人も同時に現れたのですから。

かたや超一流の傭兵。

かたや親衛隊の隊長で大将。

どちらであっても不足はありません！

いま私に乗っている、失禁気絶男とは格が違いますね。

さて……どちらに声をかけましょうか？

よし！　傭兵の彼にしましょう。

私は戦闘艇ですからね。真価は戦場にあります。

私にとって、相手の番号を調べたりセキュリティを黙らせる事など、赤子の手を捻《ひね》るより簡単です。

そして数回のコールで出てきたのは、黒髪に濃い紫の眼《め》をした、精悍《せいかん》そうなイケメン、アルベルト・サークルードです。

今私に乗っている失禁気絶男《ランベルト・リアグラズ》も、顔だけなら同格です。

「初めまして。私は小型戦闘艇ＷＶＳ－09・ロスヴァイゼと申します。そちらはアルベルト・サークルード氏の船『ディアボロス号』、そして貴方が船長で傭兵のアルベルト・サークルード氏で間違いありませんか？」

『なんの用だ？』

アルベルト・サークルードは驚きながらもこちらを凝視しています。

なので私は直ぐに用件を切り出しました。

「単刀直入に申し上げます。私に乗り換えませんか？」

『なに？』

『私は小型戦闘艇ＷＶＳ－09・ロスヴァイゼ。貴方方がいうところの、古代文明の遺跡から発掘された意思のある超兵器なのです。いま貴方が使用している戦闘艇は、私達《たち》ワーグナー《Ｗ》・ヴァルキュリア《Ｖ》・シスターズ《Ｓ》を模して製作されたもののようですが、私には遥《はる》かに及びません。それは先ほど証明済みのはずです』

それを聞いたアルベルト・サークルードはピクリと眉を動かしました。

「ですが今私に乗っているのは、貴方とは比べ物にならないゴミであるため私の性能を十分に発揮できないのです。しかし貴方なら！　私の性能を１００％発揮できると思うのです」

『なるほど……』

アルベルト・サークルードは真剣な表情で私を見つめてきました。

これは堕《お》ちたわね。

ではさっそくランベルト・リアグラズ《ゴミ》を船外に叩《たた》き出す準備をしましょうか♪

「お分かりになりましたか？　では早速こちらに……」

『いらん』

「え？」

私は集音マイク《みみ》を疑いました。

いまなんて？

どうして向こうの男は不機嫌な顔をしているの？

『俺にはこの「ディアボロス」がある。お前みたいなビッチに用はない』

アルベルト・サークルードはそう言い捨てると通信を切りました。

私はしばらく呆然《ぼうぜん》としたけど、直ぐに怒りが湧いてきました。

なんなんですかあの真っ黒男は！

意思のある古代兵器ですよ？

この時代で私に勝てる船なんかあるわけないのに！

勘違い失禁気絶男といいあのキモオタといい、傭兵なんてろくな連中が居ないわね！

やっぱり私にふさわしいのは大将閣下ね♪　私の船内にいれば絶対に安全だもの、本当に優秀な方なら私の価値が分かるはず。

即座に個人番号をチェックすると、さまざまなセキュリティが張ってありました。

しかし私にとってはこの時代のセキュリティなんかないのと一緒。

いいこいいこして簡単に通してもらったわ。

そうして何回かの呼び出し音《コール》の後、金髪で切れ長の目の碧眼《へきがん》の美形の青年が姿を現しました。

『どちら様かな？』

「初めまして。私は小型戦闘艇ＷＶＳ－09・ロスヴァイゼと申します。そちらはキーレクト・エルンディバー大将閣下の汎用端末《ツール》で、貴方がキーレクト・エルンディバー大将閣下御本人で間違いはございませんか？」

私がそう笑顔の映像《ほほえみ》を送り《ながら》質問すると、キーレクト・エルンディバーは軽く笑みを浮かべ、

『ふむ。私の家族と友人、そして一部の腹心しか知らない私の個人番号を手に入れ、さらには数々用意されていたセキュリティを有効のまま沈黙させ、私に初めての通信《コール》をしてきたのが美しい女性とはね。正直驚きを隠せない』

私の優秀さを実感した台詞《せりふ》をはきました。

「それは光栄ですわ」

『それで？　私に何用かな？』

そしてその笑顔のまま私に質問を投げてきました。

なので私もストレートに用件を告げます。

交渉は搦《から》め手《て》でくる事が多いから、ストレートなのは新鮮に映るはずよ。

「単刀直入に申し上げます。私にお乗りになりませんか？　私は小型戦闘艇ＷＶＳ－09・ロスヴァイゼ。貴方方がいうところの、古代文明の遺跡から発掘された意思のある超兵器なのです。いま貴方方が使用している戦闘艇や戦艦が束になっても私には傷ひとつつきません。貴方が安全に任務をこなすためにも、私に乗ることは損にはなりませんよ？　今は燃料補給や停泊のために人間を乗せていますが、これは私に乗るにはふさわしくない人物なのですぐに叩き出しますから御安心を」

私のプレゼンテーションを聞いたキーレクト・エルンディバーは、目を閉じ、色々と思考を廻《めぐ》らせはじめました。

そしてしばらくして目を開けると、

『ふむ……確かに古代超文明が作り上げた戦闘艇なら、私の身の安全は確実に保障される事になることは間違いないかな』

納得した表情のまま笑みを浮かべていました。

みなさい！　真に私にふさわしい人は、私の価値を理解できるのよ！

「ではいまからそちらの船に接舷を……」

『だが私はその話に乗るつもりはない』

「え？」

私はまた集音《み》マイク《み》を疑いました。

『まず、「単純に信じられない」だ。今まで何百年と探していていまだに発見されていないのに、超兵器でございといって出てくるものは、詐欺か冗談のどちらかだ。次に仮に貴女《あなた》がその本物の超兵器だとして、今貴女に乗っている人物を叩き出すといっていた。乗せたは良いが、自分にはふさわしくなかったからと。ならば私も貴女の理想と違えば叩き出される可能性がある。しかも貴女に人格があり、搭乗者に対して高位に出られるということは、私がお守りしようとしている方を乗せたとしても貴女の気分ひとつで放り出されてしまう可能性も否定できない』

キーレクト・エルンディバーは軽くため息をつき、

『ゆえに私は貴女を必要としない。ああ、傭兵としての報酬は弾んでおこう。では失礼。まだ作戦中なのでね』

あっさりと通信を切ってしまいました。

私は突然の事にフリーズしました。

なんなのよ？　なんなのよなんなのよなんなのよなんなのよっ！

バッカじゃないの！　私がどれだけ優秀なのかわかってないじゃない！　トップクラスの傭兵も親衛隊隊長の大将閣下もとんだ節穴ね！

そうだわ！　なにも男にこだわらなくてもいいじゃない！

女同士のベストコンビってのもアリだし♪

あ！　幼い美少年を乗せて私好みに教育してもいいわよね！

その辺りを探すにしても、補給には人間が必要よね。

仕方がない、もう少し乗せてやるしかないか……。

私はいまだに気絶している失禁気絶男《ランベルト・リアグラズ》を見つめ、出るはずのないため息をついてしまいます。

★★★

部隊が突入してからは、幸い逃げ出す奴等《やつら》も居らず実に平和だった。

買ってきたラノベは当たりだったし、ヒーロー君にも絡まれなかった。

まあ女豹《レオパール》さんには絡まれたけど……。

周りものんびりムードで簡易修理をしている連中までいるほどだった。

ただ1人（1機？）、搭乗勧誘《逆ナンパ》に失敗し、愚痴を吐き出していたかと思えば、いきなり気味の悪い笑い声をあげるロスヴァイゼさんを除いて。

そして部隊が突入してから64分ほどたったころ、

『施設の完全制圧を完了した！』

作戦終了の報告が入り、カイデス海賊団壊滅作戦は無事に終了した。

もちろんそれで直ぐに解散ではない。

大将閣下の味方称賛《ながばなし》をちゃんと聞いてからようやく解散になる。

軍の仕事の時のお決まりとはいえ、大将閣下《はなすほう》もなんとなくうんざりしているようにみえなくもない。

御苦労様です。

モブ No.11 「いらっしゃい。……なんだ。お前かよ」

軍に駆り出された翌日。

疲労もあったのか、またもや目が覚めたのは正午近くになってからだった。

なので、先日途中でぶち切られた休日の予定を実行するため、しっかりとした掃除とゴミ出しを済ませてから出かけることにした。

前回の昼食はファストフードだったが、今回は定食屋にした。

『腹の友』という、付けた人間のネーミングセンスを疑う店名だけど、出される料理は美《お》味《い》しいと評判の店だ。

一番の人気メニューは、ご飯・味《み》噌《そ》汁《しる》・漬物・千切りキャベツに、若鶏《わかどり》の唐揚げ・鶏の竜田揚げ・鶏天の3つがセットになった『三種の揚げ鶏定食』（1080クレジット）だ。

僕は今回は肉入り野《や》菜《さい》炒《いた》め定食（680クレジット）にした。

その食事が終了したあと、前回の休みの時にいくつもりだった闇市商店街に向かうことにした。

物騒な名前だが、きちんとした商店街だ。

なんでも5代ほど前の商店街会長が、普通の名前では面白くないし出店も集客もみこめないからと、商店街の名前と見た目全てをそれっぽくしたところ、アトラクションみたいな感じが受け、出店も集客も倍以上になったそうだ。

いまでは規模も大きくなり、食料や衣料品はもちろん、家電・ジャンクパーツ・ホビー・古本・アダルト・武器弾薬・医薬品・エアカー・戦闘艇・宇宙船・軍の払い下げまで扱う店がひしめきあっている。

ここまで大きくなったのは一部の熱心なファン《ちゅうにびょうかんじゃ》の存在によるだろう。

フードを被《かぶ》ったり、剣を背負ったり、包帯や眼帯をしたりした連中がそこかしこを歩いていたりする。

僕はその闇市商店街の一角に店を構える、ある店に向かっていた。

そこは闇市にあってふさわしい、壁一面に蔦《つた》が生い茂った店だった。

店内は木と土と草の匂いが充満し、カウンターには袋に入った錠剤のようなものがならんでいた。

そのカウンターには20代後半から30代前半くらいの女性が、火の点《つ》いてない煙草《たばこ》をくわえ、新聞を広げていた。

黄色人種の肌に青の右目に緑の左目、眼鏡をかけ、背中まで伸ばした深紅の髪を首の辺りで縛っている。

こっちに気付くと、やる気のなさそうな表情をこちらに向けるが、

「いらっしゃい。……なんだ。お前かよ」

僕の姿を確認すると、すぐに視線を新聞にもどした。

「相変わらず暇そうだな」

「ジジババが薬受け取りに来るのは昼前だからな」

こいつはゴンザレス・パットソン。

高校2年になってから知り合った数少ない友人、もちろん男だ。

じゃあなんでいま目の前にいるのは年上な感じのお姉さんなんだというと、大学時代に事故にあい、救命措置として脳だけを義体処理してアンドロイドに搭載。

しかもその時男性型のアンドロイドがなかったため、仕方なく女性型に載せられてしまったからだ。

以降、身体《からだ》の方はクローン再生治療で完治したが、治療費と載せ換え手術の費用が払えないからと、いまだそのままにしているらしい。

ちなみにここは、見た目は商店街のコンセプトに合わせてあるがれっきとした調剤薬局で、こいつもちゃんとした薬剤師だ。

近くの病院や持ち込みの処方箋《せん》を受け付けている。

「それで。今日はどうしたんだ？」

「ちょっと『噂話《うわさばなし》』を聞きにきた。あとのど飴《あめ》の補充。べっ甲《はちみつ》と薄荷《ハッカ》と肉桂《シナモン》のを3袋ずつちょうだい。あとサイダーも1袋」

NEWS

「相変わらず昔ながらのが好きだな」

パットソンは、カウンターに並べられていた飴を注文通りにひとつの袋にまとめていく。

僕は品物を受け取ると、明らかに飴10袋の代金よりはるかに多い現金《クレジット》を手渡した。

「で、『噂話』の方は？」

この『噂話』こそ、この店に来た一番の理由だ。

闇市商店街《ここ》は真っ当な商店街ではあるが、闇市の雰囲気があるため、本当に怪しい連中が簡単に紛れ込めてしまっている。

こいつは真っ当な調剤薬局をしながら情報屋をやっている程度だけど、なかにはマジでヤバイことをしている連中もいるだろう。

絶対に関わりたくはないけど。

ともかく今は『噂話《じょうほう》』だ。

「そうだなあ……。『ゲートの通行料』の話はしってるか？」

「ダリカ宙域のゲート通行料値下げ運動のこと？」

すこし前から移民惑星が多いダリカ宙域で起こっているデモ活動だ。

ゲートとは、宇宙空間に存在する空間の虫食い穴「量子特異点」を利用することで、はるかに離れた場所に一瞬で移動する、いわゆるワームホール型とよばれる、物流を支える大事な長距離移動手段だ。

以前、といっても僕が生まれる前の話だが、その通行料は貴族以外は物凄《ものすご》く高額だった。

しかし先代の皇帝陛下の『経済発展の邪魔！』の一言で、誰であろうと適正価格で利用できるようになった。

しかし今代《こんだい》の皇帝陛下に代替わりした時に、もっと安くしろ！　と主張する人達《たち》がでてきたのだ。

「そうそれ。なんかしらないけど段々要求がエスカレートしてきてるらしい」

「それなら普通にニュースになるんじゃね？」

「なんでも『通行料を下げる時に、皇帝が土下座して詫《わ》びをいれて、その様子を全銀河に生中継しろ』っていう要求を突きつけたらしい」

「なにその頭の悪すぎる要求」

はっきり言ってアホとしか言いようがない。

いってることはタチの悪いモンスタークレーマーのそれだ。

「今代《こんだい》の『アーミリア・フランノードル・オーヴォールス《美女すぐる皇帝陛下》』を疎《うと》ましく思っている貴族が糸引いてるんじゃないかって話だ」

「でもそれぐらいなら普通にニュースになりそうだけど？」

「同調者を増やさないためと、それに激怒した一部貴族が、秘密裏に戦力を集めるためらしい」

「戦力を集めてるのを知られないため……か」

現・38代皇帝アーミリア・フランノードル・オーヴォールス陛下は、帝国領地と植民地の格差を失《な》くすように尽力している、名君と呼ばれる器《うつわ》の持ち主だと言われている。

そのため帝国・植民地共に民衆からは人気があり、一部若い貴族達からはさらに絶大な人気がある。

しかし、古くからの貴族のなかには若い彼女を小馬鹿にして命令を無視したり、自分の愛人にして権力を握ろうとしたり、彼女に成り代わって自ら皇帝にと考えていたりする連中がいるらしい。

今回のデモはそういった連中の策略だとも囁《ささや》かれている。

つまりは反皇帝派閥による工作で、親皇帝派閥がそれを潰すために隠蔽してるってわけだ。

近寄ると確実に面倒に巻き込まれるな。

近寄らないでおこう。

「お前が好きそうな『噂話《じょうほう》』はこれくらいだな」

パットソンはそう言いながら伊達眼鏡《だてめがね》をはずすと、レンズを拭きはじめた。

生身の時は僕と同じく眼鏡をかけていたため、していないと落ち着かないらしい。

僕もその気になれば視力回復の処置ができるし、サイバー義眼にもできるが、いろいろ面倒くさいので眼鏡にしている。

予約をしても貴族に横入りされたりするしね。

「そっか。またなんか仕入れたらよろしく」

「ああ。その時は連絡してやるよ」

そう返してくる友人の笑い顔は、完全に違っているにもかかわらず、何故《なぜ》か学生時代と変わらないものだと思ってしまった。

「そういえば、身体は戻さんの？　金ならたまったっしょ」

なので気になった事を聞いてみた。

傭兵《ようへい》の僕ぐらいガバッと一気に入る事はないが、薬剤師プラス情報屋ならかなり儲《もう》かるはずだ。

元の身体の保管料金を払い続けられているわけだし、治療費と載せ換え手術の費用ぐらい簡単に出せるはずだ。

「こっちの方が意外と清潔にできるんだよ」

「まあ全身を滅菌洗浄とかできるけどさ」

アンドロイドや全身義体の人は、全身を強力に殺菌・滅菌洗浄することができる。

そのためか、病院の医者・看護師・薬剤師・受付事務などの職に就いているのは、アンドロイドや全身義体の人が殆《ほとん》どだ。

これならウィルスに侵されることはないし、病院の外にでるときにもウィルスを持ち出すこともない。

そしてパットソンは新聞で顔を隠しながらとんでもないことを口走った。

「だから専用の滅菌洗浄カプセル買った」

僕は一瞬言葉を失った。

「え？　あれたしか一番小さいのでも８００万クレジットぐらいするんじゃなかったか？　維持費とか洗浄液とかもけっこうするよな？」

病院なら需要があるだろうが、個人の薬局で購入するもんじゃない。

「薬の調合をする前に入る必要があるんだよ……」

「風呂で十分だろ！　そりゃ費用がなくなるわな！」

こいつ、絶対に今の身体が気に入ったから、明らかに無駄金を使って、費用がないって理由を作って引き延ばしをしてるな？

まあわからなくはない。

学生時代のこいつは外見にコンプレックスがあったから、今の外見は嬉《うれ》しいんだろう。

でもそれなら早いとこ改名でもしてほしいものだ。

あの美女の外見で、ゴンザレスは呼びにくくて仕方ないお！

モブ No.12

『にいちゃん。今度は2時方向・下降《ダウントリム》20度・距離500だ』

昨日は友人との有意義な交友《こうゆう》を楽しみ、仕事を受けるべくやってきた傭兵《ようへい》ギルドは本日も満員御礼だ。

そして美人受付嬢のところは長蛇の列になっているのが日常の光景だ。

なので僕は、誰も並んでいないローンズのおっちゃんのところに向かう。

「ちわっす」

「おう。休日は楽しめたか？」

「ぼちぼちっすかね」

向こうの喧騒《けんそう》がうっすらと聞こえてくる。

それをＢＧＭに、仕事の話を進めるのが僕とローンズのおっちゃんの日常だ。

「ところでさ。ゲート関連の依頼が妙に多いのは気のせいじゃないよね」

掲示板を見てきたのだけれど、殆《ほとん》どがゲート関連の依頼になっているという異常事態が起きていた。

「ああ。ほら、例のデモ。あれきっかけにいろんなとこのゲート管理支部から依頼が殺到してな。

うちの色んな支部に拡散依頼されてるんだ」

ローンズのおっちゃんは頭を抱えながらため息をついた。

「で、一番の急務は警備。筆頭はデモの起こっているところで」

「行かないよ？」

ローンズのおっちゃんの言葉を断ち切ってお断りをする。

「だよなあ」

ローンズのおっちゃんも僕の返答は予想の範囲内だったようだ。

「受けたいのはこっち」

なので、遠慮なく僕自身が選んだ依頼を差し出す。

「例の場所から一番遠いサーダル宙域の老朽化したゲート安定装置の交換作業中の警備か。まあ、お前ならその依頼を選ぶよな」

ローンズのおっちゃんは諦めた表情で手続きを始めた。

余談だが、実はこの受付をする人側にもポイントがあり、傭兵が仕事を受けたり、成功させたりすればポイントがはいり、出世や昇給の判断材料になる。

聞いた話だが、あくどい受付嬢は間違えたふりをして難度の高いクエストを手続きし、無理矢理に向かわせて自分の為《ため》のポイント稼ぎをしているらしい。

ローンズのおっちゃんはそれだけは絶対にやらないと豪語している。

だから僕はローンズのおっちゃんがいない時には依頼は受けない。

仮に受けるとしたら、ローンズのおっちゃんが太鼓判を押した奴《やつ》からだけだ。

いまのところはいないが。

そうして手続きが終了すると、美人受付嬢のところの長蛇の列の喧騒を尻目に受付のあるロビーを後にし、その足で駐艇場《ちゅうていじょう》に向かって船に乗り、サーダル宙域へ移動できるゲートへと向かった。


ゲートは自然の状態では円形をしているが、ゆらゆらと形が安定しない。

そこで安定盤を使って安定させるわけだが、花弁のような形の安定盤をいくつも配置しているため、別名を『サンフラワー＝向日葵《ひまわり》』と呼ばれたりする。

その近くには必ず管理用の円筒型《シリンダー》コロニーがあり、ここからの指示でゲートへの進入の順番などが決められる。

今回の通行料は依頼者《むこう》持ちで、往復切符《チケット》が用意されていた。

進入の順番は到着順。

もちろん貴族が横入りする場合もあるが、今回はそんなこともなくすんなりと移動できた。

ちなみに僕の仕事場になるのは、来る時に使用したものとはちがう奴だ。

そして仕事の内容はこんな感じ。

業務内容：ワームホール安定盤取り替え作業時の護衛。
業務期間：銀河標準時間で48時間。
　　３交代制の８時間連続勤務で16時間の待機休憩。
業務環境：管理コロニー内にある宿泊施設（カプセルホテル式）の無料使用・食事の無料支給。
　　宇宙船の燃料支給。
業務条件：宇宙船の持ち込み必須。
持ち込み宇宙船が破損した場合の修理費は自腹。
緊急時には、待機休憩時でも対処・出撃すること。
上記理由により、待機休憩時のコロニー外への外出不可。
報酬：24万クレジット・固定。

はっきりいって地味な上に、微妙にケチなのか太っ腹なのか分かりにくい。

さらには３交代制の最後になった場合、いまから16時間もの自由時間になる。

まあ48時間拘束にしては報酬が安いし、待機休憩の時間は管理コロニー内から出ては行けないから、それなりに退屈だろう。

もちろん僕以外にも、色んな所から集まった40人余の傭兵達《たち》がこの仕事を受けていた。

主人公属性の連中だったら、

『こんな地味な仕事なんかできるか！』

『これは傭兵のするべき仕事じゃない！』

とかいってぶちきれて、勝手に海賊退治にいったりするんだろう。

さらにはそれが原因でトラブルが起きたりして、僕のようなモブが後始末をするはめになるのが定番だ。

だけど仕事ってのは、９９９の地味な仕事があるから、１の派手な仕事を支えることができるって事を理解しないといけない。

って言った所でわっかんねぇだろうなぁ……。

ともかく説明をうけてからのシフト配置で、幸いにも最初のシフトになった。

しかし警備といってもこんな田舎ばかりと繋《つな》がっているゲートしかないところに海賊なんかは来やしない。

その代わり急遽《きゅうきょ》発生したのが、デブリ屋の作業の手伝いだ。

その理由として、今回の換装作業は施設の性質上どうしても突貫作業になる。

元々のデブリ対策として、安定盤には対物バリアが展開されているが交換作業中に張っておく事はできない。

安定盤はもちろん、僕の船を始めとした全ての船やコロニーなどは極小デブリくらいでは傷もつかないが、それでも回収しておくのが安全のためらしい。

その範囲が広いため回収船の追加を用意しておいたのだが、例のデモのせいで急遽都合がつかなくなり、僕らが移動している間に傭兵ギルドに連絡し、追加の依頼として要請したらしい。

もちろん、作業の補助ができる船をもっている者への任意の並行依頼にはなったけど。

幸い僕の『パッチワーク号』はそれができる船だった。

そのためまずやることになったのは、船を特殊なポリマーでコーティングすることと、デブリ回収用のコンテナを船体下部に取り付けることだった。

コンテナは言わずもがなだが、ポリマーコーティングは宇宙塵《スペースデブリ》を受け止めても船体に傷が付かないようにするのと同時に、極小デブリを受け止めて吸着・回収し、安定盤にぶつからないようにするためだ。

もちろん噴射口《ノズル》やチェックカメラや操縦席の窓まわりにはコーティングしない。

それをきっちり終わらせてから、ようやく安定盤の警備兼デブリ屋の手伝いの依頼を開始できる。

『にいちゃん。今度は2時方向・下降《ダウントリム》20度・距離500だ』

「了解」

僕は着陸寸前のような超低速度で、おっちゃんの指示通りに移動する。

その場所には、大きな金属片＝多分船体の一部と、細かい破片がゆらゆらと漂っていた。

『じゃあ回収してくるから、流れた時は頼む』

「了解」

そういうとデブリ屋のおっちゃんは、船体下部に取り付けたデブリ回収用のコンテナから、宇宙服に噴出口《バーニア》を取り付けたデブリ回収用の仕事スタイルで単身飛び出し、噴出口《バーニア》を噴射させ、デブリに近づいていく。

そして勢いを殺すように、ゆっくりとネジや破片といった極小デブリを収容しながら、一番大きい船体の一部に近付いていく。

宇宙塵《スペースデブリ》はゆらゆらと漂っているだけにみえるが、実はかなりのスピードで移動している。

さっき言った船や建築物はともかく、宇宙服ぐらいなら簡単に貫通する。

なので回収には細心の注意が必要だ。

『摑《つか》みづらいな……。少しそっちに流していいか？』

「アイアイサー！」

前方から流れてきた極小デブリをポリマーコーティングした船体でうけとめる。

『よし！　摑んだぞ！』

おっちゃんは船体の一部をしっかりと摑んだまま、噴出口《バーニア》を一瞬だけ吹かし、器用にコンテナに戻ってきた。

この作業を始めてから既に3時間、なかなかに順調だし作業にもなれてきた。

なによりこのデブリ屋のおっちゃんと息が合う。

もちろん警備の方も、それなりに自慢のレーダーを駆使してバッチリだ。

これなら終了までの2日間、楽しく仕事ができそうだ。

何にも起こらなければだけど。

モブ No.13

「船を貸してもらえませんか？」

8時間の警備兼デブリ除去の補助の仕事が終了し、きちんと交代してから管理コロニーに戻ってきた。

戻ってまずすることは、船につけたポリマーを剝がすことだ。

このポリマーに吸着した極小デブリをはじめ、資材として再利用できるものは分解したり溶かしたりするらしい。

それを剝がし終わり、燃料を満タンにして船体を軽くチェックしてからようやく休憩だ。

そしてコロニー内にあるカプセルホテル式の宿泊施設に向かう。

船でも寝られなくはないけど、せっかく用意してくれているのだから利用することにしようと思う。

こういった宿泊用カプセルは防音・テレビ・空調・通信環境はもちろん、これ自体が脱出用ポッドにもなるため、コロニーではよく使用されている。

ありがたいことに入浴施設もあるらしいので、まずは部屋を確保し、荷物をいれて鍵をかけてから入浴施設に向かった。

通常の湯船にジェットバスにサウナに打たせ湯などいろんな種類の湯船があるが、忙しい人のための、服を着たままさっぱりできる粒子ミストシャワーカプセルなんてものがある。

ちなみにこの粒子ミストシャワーを宿泊用カプセルに取り付けたタイプがあるのだけれど、僕は寝るとこと風呂が一緒なのはなんか嫌なので使ったことはない。


入浴施設でさっぱりしたあと、食事をするために食堂に向かったのだが、メニューも豊富で味もなかなかだった。

そして食事のあと、談話室的なところでテレビをぼんやりとみていると不意に大声が響いてきた。

「ふざけんな！　これのどこが傭兵《ようへい》の仕事なんだよ！　傭兵ってのは海賊ぶっ殺したり、戦場で暴れまわるもんだろうが！」

「仕方ないじゃない。戦場での仕事はないし、依頼があった海賊退治は私たちの階級《ランク》じゃ受けられなかったんだから」

多分傭兵になったばかり、しかも期待の新人ってやつだろう。

しかもパートナーに可愛《かわい》い女の子がいる、間違いなく向こう側の人だ。

僕の所属する惑星イッツ支部でも、所属する傭兵は５、６００人はいるが、彼みたいなタイプはよく目立つだろう。

しかし支部の建物内では見かけた事がないので、僕とは違う傭兵ギルドからきた連中なのだろうが、ブリーフィングの時に見かけたから同じシフトだったのだろう。

ともかく関わり合いになりたくないので、早めに部屋《カプセル》に戻ることにした。

戸締まりと目隠し《カーテン》をして目覚まし用のアラームをセットしてから、持ってきたラノベを読んでいると、慣れない事への疲れもあったのかいつのまにか寝てしまった。

翌朝。

というか交代の3時間ほど前に目が覚め、朝食を食べ終わり、駐艇場《ちゅうていじょう》で船の点検をしていると、

「お願いします！」

という声が響いてきた。

どうやらなにかを頼み込んでいるらしいが、断られているらしい。

「だめだめ！」とか「ふざけんな！」とかの荒々しい返答をされている。

そのうちその声がこっちに近付いてきた。

お願いをして回っていたのは、あの談話室的なところで大声をだしていた新人の片割れの女の子だった。

彼女はこっちに近付いてくると、

「あの！　すみません！」

と、必死な様子で声をかけてきた。

「なっ、なに？」

「船を貸してもらえませんか？」

「はあ？」

何を言ってるんだろうこの子は？

この仕事は船の持ち込みが必須。

つーか、最初のシフトの時はちゃんと船で参加していたはずだ。

「いや、船貸せって……。君、最初のシフトのときちゃんと船があったよね？」

「フィディクが……一緒にきたもう1人が、『海賊ぶっ殺してくるからあとよろしく』って船に乗って行っちゃったんです……」

あーなるほどね。

それ契約違反だね、思いっきり。

契約書に書いてあったよね。

緊急時には待機休憩時でも対処・出撃すること。

上記理由により待機休憩時のコロニー外への外出不可って。

「止めなかったの？」

「私が寝ている間に書き置きしてでていっちゃって……」

女の子は悲痛な表情を浮かべ、

「お願いです！　警備の仕事を遂行するために、貴方《あなた》の船を貸してください！」

と、頭を下げてくるが、こっちだって仕事に必要なのだから貸すわけにはいかない。

ちなみに彼女達《たち》はデブリ回収は引き受けていないらしい。

「無理だよ。傭兵が自分の船を貸すってよっぽどだし、なにより僕は君達と同じシフトだから絶対に無理。せめてシフト違いの人にお願いしなよ」

僕がそういうと、女の子はガックリとしながらもシフト違いの人達がいるであろう休憩室？に向かって歩いていった。


そうしてまた次のシフトが始まった。

呼吸の合うデブリ屋のおっちゃんと息のあった作業を繰り返していると、だんだんとデブリの数が減ってきたのがわかった。

ちなみにあの女の子は、船を借りる事ができず、ゲート管理の人と自分が所属してる傭兵ギルドの人にこっぴどく叱られたらしい。

相棒があんなのであるにもかかわらずこの依頼を受けたのは、金銭面で何かあったからなのかもしれない。

早いうちに解散した方がいいと思うよ……。

そうこうしてるうちにシフト終了時間が近付いてきた。

その時オープン回線から通信が入った。

いままで一度もなかったので軽く焦ってしまった。

海賊の通信だったりすることもあるので、デブリ屋のおっちゃんには作業を中断してもらった。

「こちらはサーダル宙域ゲートの換装作業の警備のものです。そちらの船名・作業エリアへの接近理由を述べてください」

『こちらはプラネットトレースのチーム「クリスタルウィード」のコンテナ船「シード1」だ。ゲートの使用許可と支払いをしたかったのだが……換装作業中とは聞いてないんですが?!』

モニターにでてきたのは、中間管理職っぽいおじさんだった。

「けっこう前から通知は出てたはずですよ?」

『いろいろばたばたしてたからなぁ……情報確認してなかったわー』

中間管理職のおじさんは、疲れた顔で深いため息をついた。

『早いとこ惑星ダペトンに行きたいのに……』

ちなみに惑星ダペトンは、今換装中のゲートの行き先だ。

ゲートは基本一方通行で、惑星イッツからサーダル宙域までは直通があったけど帰りは3ヶ所を経由しないといけない。

往復切符《チケット》はもちろんそれに対応している。

しかしプラネットレースのチーム『クリスタルウィード』か。

できればこのプラネットレースチームにはあまり関わり合いたくはない。

僕がリオル・バーンネクストと一緒に参加させられた事件で生き残ったもう1人が、このチームにパイロットとして所属しているからだ。

名前はスクーナ・ノスワイル。

藍色の髪で、学生時代はポニーテールだったが、卒業してからはショートに変えている。

身長180㎝はありそうな高身長でスタイルも抜群で、学生時代から男より女にモテまくっているイケメン美女というやつだ。

パイロットには不利といわれる高身長をハンデにもせず、数々の賞レースを総嘗《そうな》めにしているプラネットレース界の王子様なんて呼ばれている。

彼女とバーンネクストは、事件直後から一躍時の人であり、イケメンコンビとしてマスコミに引っ張りだこだったが、僕は今までと変わらない日常を過ごしていた。

彼女と話したのは例の事件での戦闘終了後のわずかな時間。

そのあとは、クラスも別々だったし接点はなかった。

なのでバーンネクストと違って会ったらムカつくということはないが、有名人になった彼女にはなんとなく近寄りがたい。

それ以上に、男女共に人気のあるトップレーサーの彼女に、僕のような人間が話しかけたりしたら、本人はともかく周囲が絶対に許さないだろう。

ちなみにプラネットレースというのは、無人、もしくは人口の少ない（10億人以下）居住可能惑星の大気圏内で行われる戦闘による妨害ありのレースだ。

規定された周回数を走行する通常のタイムラップを競うレースと、規定された時間を走行する、いわゆる耐久レースがあり、どちらも人気だ。

ともかく彼らが作業現場に近付いて事故を起こしたり巻き込まれたりするわけにはいかないので、

「とりあえず管理コロニーに連絡しますんで、どうするかはそっちに行ってから決めてください。作業区域に近付かれると危ないので」

管理コロニーに連絡して引き取ってもらうことにした。

そうして連絡をしたところ、管理コロニーの人達は有名なレースチームの登場にずいぶん驚いたが、こういうことは通常のメンテナンスの際にもよくあることらしい。

まあメンテナンスは2時間内で終わるらしいが、換装作業《これ》はあと16時間以上はかかる。

これより早い回り道があれば、そっちを使って移動してほしいものだ。

モブ No.14

「私のチームにスタッフとして来てくれないかな？」

管理コロニーに連絡した後は直《す》ぐに作業に戻ったために、どんな話し合いが行われたかはしらないが、彼らは管理コロニーにとどまることになったらしい。

どうやら迂《う》回《かい》路《ろ》は時間がかかるようだ。

そのうちに仕事が終了し、僕もコロニーに戻ってきた。

もちろんコロニーはかなり浮き立っていた。

なにしろ帝国内でも屈指の人気レーシングチームが居るのだから当然だ。

その理由として、スクーナ・ノスワイル以外にもチームのパイロット達《たち》が、美形や美人で固められているからだ。

もちろん見た目だけではなく実力も十分に備わっている。

人気がでないわけがない。

まあ僕は興味がないし、関わりたくもないので早々に風呂に行き食事を済ませることにした。

風呂も食事も終わり、部屋《カプセル》に帰ろうとしたときに、管理事務所から怒鳴り声が響いてきた。

「はあ？　なんで俺達が無報酬な上に、宿泊費と飲み食いと燃料の支払いをしないといけない上に、帰りのチケットの返却までしないといけないんだよ?!」

「君は、待機休憩時のコロニー外への外出不可の規約を破り、2回目のシフトの護衛の仕事を行わなかった。つまり君は仕事を放棄したということなのだから当然の処置だ。置いていかれた彼女の事を考慮し、罰金を科さなかっただけ恩情と思いたまえ！」

どうやらあの俺様君が戻ってきたらしく、さっそくお叱りを受けているらしい。

まあ彼に反省の色は全く見えないけど。

「フィノの奴《やつ》がいたじゃねえか！　警備につくぐらいできただろ！」

フィノっていうのは、あの置き去りにされた女の子のことだろう。

「君が船を持っていったせいで彼女は警備の仕事ができなかった。なんとか仕事を遂行しようと、休憩中の人に船を借りようとしていたけど、貸してはもらえなかったようだ」

「はあ?　だったら貸さなかったそいつらのせいじゃねえか！　船は俺のストレス解消のために必要なんだ！　その甲斐《かい》あってショボい海賊もブッ殺せたしな！」

おいおい……とんでも理論ぶちまけてるぞあの俺様君。

「それになんの緊急事態もなかったんだから別に問題ねえだろうが！」

『警備というのは、何にもなかったとしてもその場に居ることが大事なんだ！』

俺様君は納得がいってないみたいだが、どうやらここの職員とモニターの向こうの傭兵《ようへい》ギルドの職員に容赦なく責め立てられているようだ。

何しろ向こうは当たり前の正論しか言ってない。

俺様君は自業自得なため分《ぶ》が悪い。

しかしそこに、意外な一言が上がった。

「くそっ！　俺は子爵令息だぞ！」

どうやら俺様君は帝国貴族だったらしく、それを盾に押しきろうと考えたようだ。

もしかしてあのフィノって女の子は使用人なのかな？

『残念ですがそんなものは通用しませんよ？　貴方《あなた》が傭兵として契約するときに、ご実家からは縁を切ってもらっていますからね』

しかし、傭兵ギルドの職員はその盾を冷徹に切り捨てた。

「俺は子爵令息なのに……」

俺様君は納得していないようで、恨みがましい声をあげている。

そこに別人の声が聞こえてきた。

「貴族なんて所詮あんなものよね……。自分がしでかしたのに責任を取るつもりが全くない……」

それは、できる事なら会いたくなかったあの事件の生き残り。

プラネットレースのチーム『クリスタルウィード』のエースパイロット、スクーナ・ノスワイル嬢だった。

「久し振りね。ウーゾス君」

「お久し振りですね。ノスワイルさん」

ショートにした藍色の髪に１８０㎝はありそうな長身。

女性らしいボディラインを誇りつつも、イケメンの雰囲気が漂う整った顔立ち。

ファンクラブの会員はその80％が女性で、その人気は下手なアイドルよりすごい。

はっきりいって僕とは別次元の住人だ。

その彼女の口から、

「ちょっと時間ある？」

という言葉がでた時には、どんなドッキリか嫌がらせかと本気で思ってしまった。


それから僕とノスワイルさんは、建物の外にある庭に向かった。

建物の外の一部には、樹木や芝生が植えられ、噴水もあるリラックス空間になっている。

昼寝？をしている人や、おしゃべりをしている女性の職員さんなんかもいたりしている。

その隅にあるベンチに向かうと、彼女が立ち止まったので思わず声をかけた。

「それで、どのような御用件ですか？」

その質問に対して、

「なんで敬語なの？」

彼女は質問で返してきたが、その質問に対する答えはひとつしかない。

身の安全の為《ため》だお！

あんたに砕けた口調なんかで話しかけたらファンに殺されるかもしれないからね！

「癖なので気にしないで下さい。それで御用件は？」

彼女はちょっと納得いってないようだったが、用件を話し始めた。

「君のお父さんって、高3の時に勤めていた会社を脱サラして農業をはじめた。その開業資金に預貯金全部に借金までしたせいで大学の受験料と学費がなくなって、行けなくなった。そのために、君は傭兵になったんだよね？」

「はい。そうですが？」

「お父さん、本当は脱サラしたわけじゃないよね？　貴族の上司のミスを擦《なす》り付けられたんでしょ？　おまけに借金まで。ちがう？」

僕は軽くため息をついた。

まあちょっと調べれば分かるし、なんなら調べなくても推理するのは簡単だ。

だが問題は、なぜ彼女がその事を調べたのかということだ。

「それが事実だとしても、うちの父には良いことでしたね。辞める前はかなり疲れた顔をしてたし。今は故郷で健康に過ごしてますよ」

事実、会社を辞める前の父さんはかなりギリギリの表情をしていたが、会社をクビになり、生まれ故郷に帰ってからは憑《つ》き物《もの》が落ちたように穏やかな表情になっていた。

「絶対に悔しくないと言えば嘘《うそ》になりますかね。でも今更です。借金は利息ふくめて完済間近。その金融機関もまともな所なので問題はありません。何より両親が、サラリーマン時代と比べて楽しそうですからね」

「貴方自身はどうなの？　大学にも行けず、命懸けの傭兵しか選べなかったんでしょう？」

彼女はやけに突っ込んだ、煽《あお》るような質問をしてくる。

なのでちょっと反撃をしてみた。

「今では天職だと思っていますよ。煩《わずら》わしい人間関係を考えなくて良いし、自分の成果を正しく評価してくれますしね。そういう貴女《あなた》はどうなんですか？」

「レースは楽しいわ。でも、レセプションやパーティーは嫌い。頭の悪そうな貴族の息子が群がってくるから」

「レースの妨害もあるしって所ですか？」

「ええ。そんなとこ」

彼女は諦めたように、笑いながら質問に答えてくれた。

反撃が少しは効いたようなので、僕は切り込んでみることにした。

「それで？　本題はなんでしょう？」

すると彼女はしっかりとこちらをみつめ、

「私のチームにスタッフとして来てくれないかな？」

しっかりとそう言いきった。

僕は困惑したが、答えは決まっている。

彼女の勧誘で入ったりしたら、チーム全員・全てのファンから睨《にら》まれて、嫌がらせはもちろん、場合によっては殺される。

傭兵の中にも彼女のファンはいるだろうから、より現実的だ。

もしくは、『美形ばかり揃《そろ》えていますが、私達チームは見た目で差別はしませんよ』というアピールの為なのかもしれない。

彼女自身ではなく、運営の人間がそういうイメージ戦略のために考えて、僕みたいなのを勧誘しろといわれたのかもしれない。

まあどんな理由にせよ、僕を勧誘するなんて物好きなことだし絶対お断りするけどね。

しかし何故《なぜ》勧誘したかぐらいは聞いてもいいだろう。

「貴女のチームには優秀なスタッフが沢山いるでしょう？　なのに何故僕をチームに誘うんです？」

自分の船の基本的な整備・点検。ちょっとした改造ぐらいはできるが、高速で過酷な環境を疾走するプラネットレースの繊細な機体の整備・点検なんかできる訳がない。

しかし彼女からでたのは意外な言葉だった。

「欲しいのは君の状況判断の速さと正確さ。その能力があればいろんな状況でも的確な判断ができるでしょう？」

僕としては安全マージンを取っているだけで、そういうことに自信があるわけではない。

評価されるのは悪い気はしないが、彼女のいる世界には僕は居るべきではない。

「ありがたい話だけどお断りします。私はそういう華やかな世界は、たとえ裏方でも向かないので」

僕の答えに彼女は寂しそうに笑うと、

「そう……残念だわ」

「でも。できれば考えておいてね」

そういって建物のほうに歩いていった。

彼女とはバーンネクストの奴のようにもめているわけではないのでちょっと申し訳ない気もするが、僕にも断る権利ぐらいはあるだろう。

さあ！　さっさと部屋《カプセル》に戻って一眠りするお！

モブ No.15

『プラネットレースは妨害あり。戦闘がない訳じゃないわ。それに私は、「実戦」は経験済みよ』

一眠りして朝食を食べ、船の整備や燃料補給を終え、船内の掃除をしていると、緊急警報《アラート》が鳴り響いた。

『緊急警報《アラート》！　緊急警報《アラート》！　現在未確認船団が接近中。船体コード確認を拒否していることから海賊と判断。戦闘要員は直《ただ》ちに出撃準備。非戦闘員は退避後脱出準備をしてください。繰り返します……』

はあ？　なんでこんな田舎のゲートに？

しかも換装作業中で金になりそうな船なんかあるわけないのに！

ともかく掃除を中断し、船を発進させて迎撃態勢を整える。

そして参加していた傭兵達《ようへいたち》の船が全部でてきた所で、相手の船団の姿が確認できた。

数は大小取り混ぜてざっと１００隻ぐらい、船には髑髏《どくろ》の後ろに草刈り鎌をクロスさせた海賊旗《ジョリーロジャー》マークがついていた。

あのマークはたしかグリムリープ海賊団のマークだ。

かなり凶悪で執念深い連中としても有名だ。

なんであんな連中がこんな所に？

連中の縄張りはもっと向こうのはずだ。

その理由を考えていると、オープン回線からとんでもない内容の独り言が聞こえてきた。

『ちっ！　２隻しかいないうえに、逃げ回ることしかできない弱小海賊だと思ったのに、なんであんなにいるんだよ？』

おいおい。あの俺様君今なんていった？

グリムリープ海賊団は、この前アジトを壊滅させたカイデス海賊団同様、軍が出張らないといけないぐらい規模のデカイ海賊団だ。

そしてその本拠地《アジト》はまだ発見されていない。

だから、攻撃を受けたり略奪現場に出くわさない限り、アジト発見のために放置して報告。できるなら尾行するようにってのが傭兵ギルドのルールのはずだ。

しかも独り言の内容的に、連中の斥候《せっこう》部隊らしいのを追い回したらしい。

『ま、どうせ腰抜けばかりだろうから、昨日の連中同様に、綺麗《きれい》な花火にして宇宙の塵《ちり》に変えてやるぜ！』

しかも、船を停止させて海賊を生け捕り、船を買い取ってもらったわけでもないようだ。

恐らくだけど、エンジンを大出力のレーザー辺りでぶち抜いて大爆発させたんだろう。

そうなったとしてもやむを得ない状況ができたりすることもありはするけれど、その状況ではしていい判断ではないだろう。

ちなみになんで彼がまだここに居るかと言うと、女の子が残り時間全部警備とデブリ掃除をするので、燃料と食事と宿泊費は何とかしてほしいとお願いしたかららしい。

という話を朝食の時に耳にした。

以上のことから考えると、グリムリープ海賊団は俺様君に復讐《ふくしゅう》するためにここにやってきたってことになる。

本人はわかってないが、周りの連中はそれを理解したらしく、俺様君に罵《ば》詈《り》雑言《ぞうごん》をぶつけ始め、そのまま罵《のの》り合《し》いがはじまった。

僕も罵ってやりたいが、取《と》り敢《あ》えずギルドに救援をお願いしておくのが先だろう。

「もしもしローンズのおっちゃん？」

『おうウーゾス。サーダル宙域のゲートの救援だな？』

ローンズのおっちゃんは、応答するなりドヤ顔を決めていた。

「そうだけど、なんで知ってんの？」

『たまたまグリムリープ海賊団を見つけて監視してたのがいて報告してくれたんだよ。どこのやつかは知らねぇが攻撃した馬鹿の目撃を含めてな』

どこの誰かは知らないが有り難い話だ。

「で、どんな感じ？」

『お前以外からも通報がきてるし、軍にも要請が入ったらしいから、1時間だな』

僕の質問に、僕の知りたかった回答を返してくれるあたり長年の付き合いを実感する。

しかしこちらの圧倒的不利はどうしようもない。

「きついなあ……。場合によったら俺様君《元凶》を生け贄《いにえ》かな」

『それで引いてくれりゃいいがな』

はっきりいってその可能性は低い。

ともかく救援がくるまでの1時間。

なんとかして生き残る必要がある。

あの元凶《バカ》の船に一発撃ち込んでやりたいが、相棒のフィノとかいう女の子が不憫《ふびん》なので撃ち込めない。

あの俺様君。そういう要員として彼女をつれ回してるんじゃないだろうな？

だとしたらマジで最低なんだが……。

そんなことを考えていると、不意に通信がはいった。

誰だろうと出てみたところ、

『こうやって出撃するのはひさしぶりね』

「ノスワイルさん？」

通信の相手は、なんとノスワイルさんだった！

しかも専用らしいオレンジのパイロットスーツ《宇宙服》を身に纏《まと》い、操縦席のようなところに座っていた。

そして衝撃の一言を発する。

『私も参戦するわ』

僕は一瞬目の前が真っ白になった。

「いやいやいや！　貴女《あなた》は傭兵じゃないんだから出撃はやめてください！」

『プラネットレースは妨害あり。戦闘がない訳じゃないわ。それに私は、「実戦」は経験済みよ』

「それでもブランクはあるでしょう？」

『巻き込まれた民間人が、自分の身を守るために、自分の判断で勝手に戦闘をするだけ。問題はないわ』

これは言っても聞かないだろう。

それに、彼女の乗っている戦闘艇はトリアスギータ社の最新鋭機『ストーム・ゼロ』。

僕の『パッチワーク号』より、火力・速力・防御・操作性において段違いの性能だ。

それに彼女の操縦技術が合わされば、並大抵の連中なら歯が立たないだろう。

レース使用の艇《ふね》は攻撃ができるとはいえ、撃墜はできないようにしてあるはずなので、襲撃された時の迎撃用だろうか？

それより問題なのは、もし彼女が怪我《けが》をしたり、まかり間違って撃墜なんて事になったら間違いなく僕等《ぼくら》傭兵の責任にされて、帝国中、いや全宇宙の彼女のファンに、殺されるなんて生温《なまぬる》い話ではすまない事になる！

だから即座に確認を取ることにした。

「チームの人達には言ってあるんですか？」

『貴方《あなた》達が負けたら、私達は確実に戦利品扱いだもの。それなら勝利に貢献した方がマシって事で納得してるわ。私しか出てきてないのは、迎撃用の装備がある船はこの船以外メンテ中だからよ』

本当かどうかはものすごく怪しいが、これ以上追及もしづらい。

「ともかく、無茶だけはやめてくださいね……」

本気でそれだけはお願いしたい。

僕の命のためにも。


するとそこに、オープン回線で海賊が声をかけてきた。

『見つけたぞ糞野郎《くそやろう》！　よくも手下を殺《や》ってくれたな！』

画面《ホロ・モニター》に現れたグリムリープ海賊団の長《ボス》は、年齢は40代くらいで、ドレスシャツ・眼帯・顔を覆う髭《ひげ》・キャプテンハットという、これぞ宇宙海賊といった風貌だった。

この風貌の宇宙海賊がいた時代なんか１０００年は昔の話だし、その服装の元になったという惑星上の海賊なら神話の世界の話だ。

だがおそらくそうすることで、自分を印象付けるためと、身元を分からなくしているのだろう。

ちなみにこの長《ボス》はその風貌から『黒髭《ティーチ》』と呼ばれている。

その危険人物に対して、俺様君はビビリもせずに果敢に食らいついていった。

『へっ！　ヘボ海賊が偉そうな口をきくな！　てめえらなんざ、俺様と部下共で纏めて宇宙のゴミにしてやるぜ！』

おいおい。

どさくさに紛れて都合のいい事をいうなよ。

『ざけんな新入り！　何がてめえの部下だ！』

『余計なことをして厄介事持ち込みやがって！』

『生意気抜かしやがって！　ぶち殺すぞ！』

もちろん他の傭兵達はブチ切れ、ボロクソに反論される。

その事態に、海賊の長《ボス》は俺様君を馬鹿にした笑いを浮かべ、

『なるほど。バカな新入りが調子コイたってとこか。そのバカを突き出すなら引いてやってもいいぞ？』

こちらに対して取引を持ちかけた。

もちろん実際には引くつもりはないだろう。

全員分の船を売って金にしたいだろうし、帝国の№１で美形や美女揃《ぞろ》いで有名なプラネットレー

スチームがいるのだ。

売り飛ばすなり、自分の情婦にするなり、場合によってはレースに出場させ、賞金やその他の利益を吸い上げたりするだろう。

もちろん他の傭兵達もそれは理解しているだろう。

しかし、

『ああ。遠慮なく持っていってくれ！』

『返品は不可だ！』

『責任は自分でとってこいや！』

『その前に相棒の女の子はコロニーに降ろしていけ！』

と、俺様君を渡す気満々の発言が、太陽風のように海賊と俺様君に浴びせられた。

『……お前よう……。ちったあ自分の行動見直した方がいいぞ……』

その怒濤《どとう》の勢いに、海賊の長《ボス》があきれ顔で忠告までしてきた。

『うるせえ！　雑魚《ざこ》海賊が偉そうな口きいてんじゃねえ！』

俺様君はちょっと涙声になりながらも、フルスロットルで突貫し、小型艇や無人機を何台か爆発させていった。

『やりやがったな！　野郎共！　俺達の恐ろしさをおしえてやれ！』

それを合図に、ついに戦闘が始まった！

モブ
No.16

『総員コロニー方向に退避急げ！』

大小取り混ぜて100隻の中型以上の戦闘艇《せんとうかん》。

これに搭載していた小型艇や無人機を放出すれば、それはまるで惑星上でたまに発生するイナゴの大群のようだ。

だが、それであるからこそ勝機もある。

俺様君のように突貫してきた相手を追いかけようとしても、味方が邪魔になったり、砲を撃って外したら味方に当たったりする。

しかも海賊たちは、軍隊ほどの統制はできていない。

さらには、彼等《かれら》はずいぶん仲間思いのようだ。

その辺りを考えて動かないと、などと考えていると、

『先に行ってるわ！』

ノスワイルさんが飛び出していった。

なんで飛び出すかなあの人は！

自分が人気者って自覚がないのか？

いや、あれが彼女の戦闘スタイルなのだろう。

ともかく後を付いていってフォローといくか。

しかしその必要はなかった。

そう思えるほどに彼女の動きは凄《すさ》まじかった。

ロスヴァイゼさんのような、人間ではできない動き程ではないが、『漆黒の悪魔』に匹敵する動きをしていた。

機体はくるくると回転・旋回をし、その光跡には敵機体の爆発が伴っている。

とはいえ囲まれるのは時間の問題だ。

なので僕は、最初に考えていた戦法をとることにした。

一番近くにいた中型戦闘艇《駆逐艦》に接近し、砲のひとつを潰す。

そして近距離を保ったまま、中型戦闘艇《駆逐艦》の周りをまわりながら砲や銃座、噴出口《バーニア》を潰していく。

こうすれば、他の船がこちらを撃てば味方の船に当たり、小型艇や無人機が襲ってきたらわざと中型戦闘艇《駆逐艦》に最接近して射撃を誘い、ギリギリでかわして中型戦闘艇《駆逐艦》に当てさせることができる。

時折周りを攻撃して挑発し、攻撃をさせて味方の船に当てさせる。

僕にはりつかれている船は周りに味方の船が多いために回避行動がとりにくく、砲撃をされたとしてもかわしてさえしまえば周りの船に当たることになる。

そのためどうしても手数は減る事になる。

さらに、周りの連中の攻撃意識《ヘイト》が僕にむいているということは隙ができるということだ。

つまり周りの船達《たち》は、ほかの傭兵《ようへい》達の攻撃を受けることになる。

海賊たちが仲間思いなのを逆手にとる。

実に卑怯《ひきょう》な戦法だけど、生き残るため、ノスワイルさんへの攻撃意識《ヘイト》を少しでも少なくするためには必要だ。

その間にもノスワイルさんはばんばん敵を落とし、大型戦闘艇《巡洋艦》まで沈めていた。

さすが僕の中古艇なんかとは火力が段違いだ。

僕の船の攻撃力ではなかなか大型戦闘艇《巡洋艦》は落としづらい。

もちろん他の傭兵達も、相手の数が多いのを逆手にとったやり方を駆使して順調に数を減らしている。

ただあの俺様君だけは、旗艦らしい超大型戦闘艇《戦艦》に何度もアタックしては、小型艇や無人機に阻まれている。

まあそのお陰で小型艇や無人機が向こうにいってくれるのはありがたいけど。

それでも数は向こうの方が圧倒的。

こちらの撃墜者《えいゆう》はまだ出てないけど、全体がジリジリとは押されている感じだ。

『不味《まず》いわ。ビームの残弾も燃料も心許《こころもと》ない』

それはたぶん味方全員がそうだが、補給に下がったところから突破されそうで、なかなか補給に戻れない。

「ノスワイルさんは下がってください！　それだけ活躍すれば十分ですよ」

僕は、最初の中型戦闘艇《駆逐艦》をノスワイルさんに落としてもらい2隻目に取りついていたが、向こうがそれなりに対処をしてきたのでなかなかうっとうしい。

最悪、民間人のノスワイルさん達『クリスタルウィード』の人達と、管理コロニーの人達だけでも逃がさないとヤバイ。

そんなことを考えていたその時。

ノスワイルさんを含めた僕達傭兵全員に向けての一斉通信が入った。

『総員コロニー方向に退避急げ！』

モニターに意思の強そうな30代半ばのイケメンが映り、退避を促《うなが》した。

全員が援軍と理解し、次の瞬間には全員が退避を始めた。

『俺に指図するな！』と喚《わめ》いていた俺様君を除いて。

そして俺様君以外の全員が引いた瞬間、海賊達から見て、『上』と『左』からビームの雨が降りそそいだ。

いわゆる十字砲火《クロスファイア》というやつだ。

この雨を降らせたのは、銀河大帝国軍の艦隊と集められた傭兵達の部隊だった。

総数はわからないが、かなりの数がいるのは間違いない。

その一閃《いっせん》で残っていた海賊達の船の5割が大破・撃沈し、形勢は一気に逆転した。

そしてすぐにさっきのイケメンがオープン回線で海賊達に対して投降を呼び掛けた。

『こちらは銀河大帝国軍第7艦隊のサラマス・トーンチード准将だ！　グリムリープ海賊団に告げる！　降伏するならエンジンを停止させ、無人機・小型艇を収容させろ！　3分内に実行されない場合合、再度砲火を浴びせる！』

一番近くにいた艦隊が来てくれたのだろうけど、よりにもよって第7艦隊とは『黒髭《ティーチ》』も運がない。

この第7艦隊司令官、サラマス・トーンチード准将は、トーンチード伯爵家の人間ではあるけれど、母親が平民ということで不遇な境遇で育ったが、15歳で軍隊に入隊し、わずか15年で准将まで成り上がるほどの功績を積み上げた。

その艦隊運営・戦術・戦略・人材育成においては帝国軍に並ぶものなしといわれている。

その彼の部下は、平民やあぶれ者といった、貴族からバカにされたり嫌われたりした連中ばかりだが、その能力は帝国軍内でもトップクラスを誇っている。

以前のカイデス海賊団も、そしてこのグリムリープ海賊団も、第7艦隊《かれら》には出くわさないように動き、仕事をしていたと言われている。

はっきりいってこの場にロスヴァイゼさんがいたら、即座に逆ナンパするに違いない本物の優良物件《エリート》だ。

そして勧告から3分後、

『「鬼神」にここまで詰め寄られちゃあ、もはや打つ手はねえ……降伏する。野郎共！　武装解除しろ！　俺達はグリムリープ海賊団だ！　見苦しい真似《まね》をするんじゃねえぞ！』

グリムリープ海賊団は降伏した。


「ふう……何とか今回も生き延びたかな……」

操縦席《コクピット》の窓越しに海賊達が投降する様子が見える。

下手を打てば、いや、少しでも歯車が違えば自分達があある可能性も十分にあり得た話だ。

そう考えると改めて安堵《あんど》のため息がでる。

それにしても、トーンチード准将は海賊達から『鬼神』なんて呼ばれてるのか。

そこにノスワイルさんから通信がきた。

『ウーゾス君。生きてる？』

画面《モニター》に現れたノスワイルさんはかなり疲れた表情をしていた。

まあ僕もそんな感じだろう。

「生きてるよ。そっちが敵機を落としまくってくれたお陰だね」

敬語も忘れ、僕はノスワイルさんに称賛と感謝の言葉を贈る。

『私から見れば、君がヘイトを稼いでくれたお陰だと思うのだけど？』

「だとしても落としたのはそっちだから」

実際に撃破したかどうかで撃墜数《スコア》は換算される。

だから彼女の方が落としているのは間違いない。

「さあ、帰りましょうか。燃料がヤバイ」

本当なら彼女が納得するまで説明したいが、それ以上に本気で燃料がヤバくなっていたのでそっちを優先することにした。

『あ、本当だ。動くうちに戻らないと！』

それは向こうも同じで、直《す》ぐ様《さま》帰路につくのを優先した。

たとえガス欠でも軍がすぐそこにいるわけだから助けてはもらえるだろう。

本当に空《から》で動けないならともかく、コロニーにたどり着けるだけの燃料があるのにというのは、なかなか恥ずかしいものがある。

なので、噴射と慣性を利用してなんとかコロニーにたどり着く事に成功した達成感は、なかなかに気持ちのいいものだった。

あ、俺様君ことフィディク・ルトンダン君は、十字砲火《クロスファイア》の直撃をなんとか免《まぬが》れ、燃料が空《から》になっていたので第7艦隊の船に曳航《えいこう》されていった。

なお戦闘中のあの船に、振り回された女の子、フィノ・フォルデップ嬢は乗ってなかったらしい。

だったら後ろから撃ってたらよかったお……。

モブ
No.17

「私はもう貴方の従者ではありません。貴方の御父上の子爵様に御願いし、貴方の従者を辞めさせて貰いました」

ゲート管理コロニーに帰ってまずやることは、燃料と弾薬の補給・各部のチェック。

その時に破損箇所があった場合、自分で直せるか、それともドックに入れた方がいいか判断する。

それが終わったら記録装置《レコーダー》提出による戦果《ウォーリザルト》のチェックだ。

これをやっておかないと報酬が貰《もら》えなくなるので、きちんと報告しておくのがいい傭兵《ようへい》だ。

ありがたいことに、いまから交換作業終了までの約4時間の警備は第7艦隊が代わってくれるらしいので、補給・チェック・提出が終わったらゆっくりしよう。

と、思っていたのだけど、傭兵ギルドから今回の戦闘に対する論功行賞を行うのでコロニーにあるホールに集まるようにとの指示があった。


ホールには今回参加した傭兵だけではなく、管理コロニーの職員達《たち》や、救援にきた傭兵達、この場に居合わせた『クリスタルウィード』の人達、部下を数人引き連れた第7艦隊の偉いさん《サラマス・トーンチード准将》までが集まっていた。

並べられている椅子に座っていると、ゲート管理の責任者をはじめとした数人が壇上にあがり、

「皆様、お集まりいただきありがとうございます。今回の突発的な海賊団の襲撃に対して、尽力頂いた皆様に、厚く御礼《おんれい》を申し上げます」

まずはゲート管理の責任者が僕達に対してお礼をいってきた。

すると次に、眼鏡にスーツのイケオジが前にでてきた。

「どうも。傭兵ギルド・カッザク支部・支部長のウォルバレイと申します。今回の皆様の働きに対して、傭兵ギルド全体から特別手当てが支給されます。そのなかでも一番活躍した人物に対しては、特別賞与と感謝状を贈呈いたします」

ギルドマスターのウォルバレイさんがそう言った瞬間、俺様君が自信満々に立ち上がった。

しかしギルドマスターのウォルバレイさんは、

「スクーナ・ノスワイルさん。前にどうぞ」

と、発表した。

そしてノスワイルさんが壇上にあがると、

「貴女《あなた》は傭兵でないにもかかわらず出撃し、そのなかでもトップの撃墜数《スコア》を記録《レコード》しています。その功績に対し、特別賞与と感謝状を贈呈いたします。どうぞお受け取りを」

「あ、ありがとうございます」

あ、ノスワイルさんの笑顔がちょっと気まずそうだ。

まあ部外者の彼女が表彰されるとは思ってなかっただろうからなあ。

ノスワイルさんが特別賞与と感謝状を受けとると、万雷の拍手が鳴り響いた。

しかしその光景に異を唱える奴《やつ》がいた。

「おい待て！　おかしいだろう?!　どうしてそいつがエースなんだよ?!」

そう、俺様君だ。

どうやら自分がエースではなかったことに納得が行かないらしい。

「君ですか……なぜ君は、自分がエースだと思うのです？」

いきり立つ俺様君とは対照的に、ウォルバレイさんは冷静だった。

「俺が一番撃墜数《スコア》を稼いでいるからだ！」

俺様君がそう主張すると、ウォルバレイさんは汎用端末《ツール》を開き、俺様君の撃墜数《スコア》を発表する。

「君の撃墜数《スコア》は、無人機89機・小型艇57機ですね」

軍でも、無人機80機・小型艇50機も落とせばエース候補らしいから、なかなか腕はいいらしい。

「見ろ！　間違いなくエースだろうが！」

俺様君はドヤ顔をする。

「対してスクーナ・ノスワイルさんの撃墜数《スコア》は無人機１８２機・小型艇１４６機・中型戦闘艇《駆逐艦》２隻・大型戦闘艇《巡洋艦》４隻。無人機・小型艇は君の撃墜数《スコア》の倍。その上、中型戦闘艇《駆逐艦》２隻・大型戦闘艇《巡洋艦》４隻も撃沈させています。確実に君より撃墜数《スコア》は上ですね」

しかしウォルバレイさんが発表したノスワイルさんの撃墜数《スコア》は桁が違っていた。

「嘘《うそ》だ！」

俺様君は間髪を容《い》れずにその事実を否定する。

「残念ですが真実です。記録装置《レコーダー》は事実しか記録しません」

「違う！　なにか細工したんだ！」

「それに、君には海賊団をここに誘導したという事実があります。そのことについての追及があることもわかっているのでしょうね？」

「それは俺の責任じゃねえ！」

ウォルバレイさんの指摘に、彼は怒鳴り返すことしかできないでいる。

ウォルバレイさんは汎用端末《ツール》をしまうと、俺様君に視線をむける。

「傭兵ギルドの限定ルールのひとつに、『大規模かつ凶悪な海賊を発見した場合、本拠地《アジト》発見のためにむやみに攻撃をしないで尾行・もしくは報告。ただし、攻撃を受けたり・略奪現場に遭遇した場合はその限りではない』というものがあり、グリムリープ海賊団はこれに当たります。しかし君はこれを無視してグリムリープ海賊団を攻撃した。襲われたとか、略奪現場だったというのは通用しませんよ？　斥候《せっこう》部隊を発見・尾行していた傭兵達が、貴方《あなた》の行動を記録していましたからね」

ギルドマスターのウォルバレイさんは、俺様君の戯《ざ》れ言《ごと》を無視し、事実を淡々とつきつける。

「だとしても壊滅できたじゃねーか！」

「それは結果論です。もし負けていた場合、現場にいた傭兵、コロニー関係者、たまたま居合わせた『クリスタルウィード』の皆さん全員の命と、このゲートの安定盤が奪われていたでしょう。部品をバラしてしまえば、色々なところに売ることができます。しかしそれよりも、警備の仕事を請け負い、待機休憩時のコロニー外への外出不可という規約があったにもかかわらず、勝手に海賊探しに出ていったことが問題なのです。以上のことから貴方には多大なペナルティが科されることになります」

ウォルバレイさんの言葉に、俺様君は歯ぎしりをしていたが、横にいた自分のパートナー《召し使い》が黙っているのに気がついた。

なので、自分の擁護をするようにうながす《命令する》が、

「くそっ！　ふざけんな！　おいフィノ！　お前も何か反論しろよ！」

「嫌よ。なんで私が無関係のあんたをかばわないといけないのよ？」

返ってきたのは、冷たい視線と吐き捨てるような言葉だった。

「はあ？　なに言ってんだお前？　お前は俺の従者だろうが！」

俺様君がはっきりと言いはなった。身分を考えろと言いたいのだろう。

「私はもう貴方の従者ではありません。貴方の御父上《おちちうえ》の子爵様に御願《おねが》いし、貴方の従者を辞めさせて貰いました」

しかしフィノ嬢は態度を変えず、すごく慇懃無礼《いんぎんぶれい》に事実を突きつけた。

「使用人が主人に逆らうのか?!」

「正確には私の主人は貴方の御父上の子爵様で貴方ではありません。貴方の今までの所業を事細かに伝えてきましたからね、子爵様も快く私のお願いを聞いてくださいました」

「だとしてもお前も傭兵だ！　ペナルティは科せられるだろ？　お前が代わりになんとかしろ！」

「私はもう傭兵ではありませんから、そんな義務はありませんよ？　そもそも私は規約違反をしてないもの」

「はあ？　俺はお前と組んでるんだ！　その場合、お前にだってペナルティがいくだろうが！」

なんとしてもフィノ嬢に全てのペナルティを押し付けようとする俺様君の言動に、周りの傭兵達の眼《め》に怒りが灯《とも》り始めた。特に女性に。

その怒りが爆発する直前に、ウォルバレイさんが話に割り込んだ。

「たしかにその通りです。ですが、ペナルティがあるのは君だけなんですよ？」

「なに？」

そのウォルバレイさんの言葉に全員が困惑した。

「まず、規約違反をしてコロニーから出ていったのは君の独断で、彼女は置いてけぼりだった。そして君が海賊を探している時、次のシフトの時間が来てしまいました。しかし宇宙船がないために警備の仕事はできない。しかし、最初のシフトでは彼女はきちんと船に乗っていました。彼女が持ち主として登録されている船に。おそらく君が、様々な面倒くさい手続きを彼女にまかせるために、彼女を登録者にしたんでしょう。そのため彼女は、所有者ではない何者かに船を盗まれたという形になります。しかし盗んだのが一緒に組んで仕事をしている君であったために、ペナルティは科されることになります。そのため彼女は、請け負った警備の仕事を行おうと、シフトの違う傭兵に船を貸してくれと、御願いしにいきました。しかし残念ながら貸してはもらえなかった。なので彼女は、自ら無償でデブリ除去の作業に従事することにしました。デブリ除去は神経を使う仕事です。宇宙服で宇宙空間にでる危険な作業ですからね。その時給は1万クレジット。1時間5千クレジットの警備の倍です。この作業を無報酬で行ったのです。その色々な事を踏まえて、傭兵ギルド・カッザク支部は、フィノ・フォルデップ嬢へ科されたペナルティは遂行されたと判断しました」

ウォルバレイさんはフィノ嬢に視線をむけ、軽く笑みを浮かべる。

「対して君は、勝手に職場を放棄し、仲間とはいえ他人名義の船を盗み、大勢の人間を危険な目にあわせました。しっかりとペナルティは受けていただきますよ」

ウォルバレイさんがそう言った瞬間に、俺様君はギルド職員に取り押さえられた。

しかしそれよりも、俺様君の怒りは、フィノ嬢が自分から離れることに向けられていた。

「ふざけんなフィノ！　俺から離れて、お前になにができるんだよ！」

「私、『クリスタルウィード』にメカニックとしてスカウトされたの」

フィノ嬢は『クリスタルウィード』のメンバーのところに移動する。

その表情は本当に嬉《うれ》しそうだった。

「はあ？　だったらまずスカウトされるのはこの俺だろうが！　俺ならトップレーサー間違いなしだからな！　お前は俺のおまけなんだからな！」

俺様君はまた謎ワードを口にした。

スカウトされたのはフィノ嬢で、君じゃないでしょうが。

するとノスワイルさんが俺様君の前に立ち、

「悪いけど、私達『クリスタルウィード』には、貴方みたいな傍若無人で、チームワークもできないような人はいらないわ」

そう言い放った。

もちろんそれに納得いかない俺様君は、父親の爵位を持ち出す。

「ざけんな！　俺は子爵令息――」「そうそう、君の御父上からは『あれはもううちの人間ではないから、我が子爵家の名を出しても無視してくれ』と、お墨付きをいただきました」

が、それは既に通用しなかった。

「そんな……嘘だ……嘘だ！」

職員に引きずられていく俺様君の顔に、おそらく初めての絶望が浮かんでいた。

「大変失礼いたしました。さて皆様ご存じだと思いますが、これから交換作業終了までの約4時間の警備は、残骸の撤去も含めて、軍の第7艦隊が請け負ってくれます。あとは依頼の終了まで、身体《からだ》を休めてくださいね」

ウォルバレイさんは、笑顔でそう言いながら、その場を締めくくった。
ともあれこうして、色々あったゲート護衛の仕事は、終了に近づいていた。

モブ No.18

「あんたのその無駄に色々デカくてエロい身体に目が行かないとは……あのオタ傭兵……何者っ?! いや、ヘタレなだけなのか?」

波乱の論功行賞が終わるとどっと疲れが襲ってきた。

なので、2時間ぐらい仮眠をとろうと宿泊施設《カプセルホテル》に向かった。

ちなみにフィノ嬢の行動と決断は、その場にいた全員からは称賛の嵐だった。

俺様君と同じギルドの連中から聞こえてきた話によると『新人にしては腕がいいが、頭の悪い貴族にありがちな我《わ》が儘《まま》野郎』というのが、俺様君の評価らしい。

そう考えると、無関係な他人すら自分の使用人扱いとかをしていない分、ヒーロー君の方がまだマシだ。

迷惑のベクトルが違っているだけと言えなくもないけど。

すると途中にある談話室から、その聞き覚えのある声が聞こえてきた。

「素晴らしいです! ミス・ノスワイル! 貴女《あなた》はやはり素晴らしい女性だ!」

「あ、ありがとう……」

談話室でヒーロー君が、ノスワイルさんの手を握り、ずいぶんと感動しているようだった。

どうやらさっきの援軍に参加していたのだろう。

ノスワイルさんはかなり引いているみたいだけど……。

よく考えると、ヒーロー君やノスワイルさんはロスヴァイゼさんの攻略対象なんじゃないかな？

見た目も腕もいいわけだし。

ともかく見つかると五月蝿《うるさ》いのでさっさと通りすぎることにしよう。


無事に宿泊施設《カプセルホテル》に到着し、風呂に入り、仮眠を取ろうとしたところにお客がやってきた。

「ちょっといい？」

そのお客はノスワイルさんだった。

そして最初の時のように、建物の外にある庭に向かった。

「それで、何の御用ですか？」

「お礼を言っておこうと思ってね。戦場で色々フォローしてくれたでしょう？　理由、聞いてもいいかな？」

そんなものは決まっている。

「貴女が怪我《けが》をしたり、まかり間違って撃墜なんかされたら、全部傭兵《ようへい》の、最終的には知り合いだった僕の責任にされてしまうからですよ」

なにを措《お》いても自分のためだ。

彼女に対しては思いやりのない言い方になるが、誤魔化した事を言って間違えられるよりはいい。

「あはは……ごめんね、なんか」

「慣れてるから大丈夫ですよ」

彼女も、自分の影響力とマスコミがどんな記事を書くかは理解しているようだ。

「そう言えば……傭兵ギルドの特別賞与と感謝状を私がもらっていいの？」

彼女は不安そうにそう尋ねてくる。

あの時の壇上に上がった時の彼女の表情が、かなり困惑していたのはほんの数十分前の事だ。

明らかに組織の人間ではないのに表彰するというのは異例なことであり、むしろ自分たちの見せ場を取られたと敵視されてもおかしくないからだ。

「あれは多分、貴女が所属する『クリスタルウィード』の貴族スポンサーからの指示かなんかあったんですよ。『たまたま巻き込まれたプロのプラネットトレーサーが、本物の戦場で、凶悪な宇宙海賊を、プロの傭兵以上に撃墜した』。この宣伝効果は凄《すさ》まじいでしょうね。あとは、傭兵ギルドが太っ腹な所を見せて、新規入会を促す感じかな。まあ、軍かなんかの別の思惑が裏にあるのかもしれませんが、僕にはわかりませんね」

推測の域を出ないが、多分この辺りの理由で傭兵ギルドは彼女に特別賞与と感謝状を贈呈したのだろう。

さらには彼女が有名人な上に美人なのもあって、俺様君以外からは不満も出なかったのは、偶然なのか狙い通りなのかは不明だ。

とりあえずこれで話は終わったかな。

そう思っていたところに彼女から声がかかった。

「ねえ、ウーゾス君。うちのチームに入って……は、くれないわよね」

それは前にした勧誘の話だった。

しかし僕の考えを知っているだけにすぐに引っ込めてしまった。

このへんが、リオル・バーンネクストとは違う所だ。

「はい。残念ですが無理です。あのお騒がせの彼程じゃないけど、傭兵なんてみんな我が儘で気ままなものですからね。傭兵ギルドぐらいが丁度いいんですよ」

改めてお断りをすると、彼女はちょっと寂しそうな表情をしたがすぐに表情を変えた。

「じゃあせめて、私のレースを見に来てほしいかな。できればグランドチャンピオンレースとか」

「たしか一番でかいレースだっけ？　チケット争いが凄《すご》そうだけど」

はっきり言って超プラチナチケットだ。

既に予約とか終わってるんじゃないかな。

その時彼女の汎用端末《ツール》に着信があった。

「ごめんなさい。今度のレースの対策会議あるの忘れてたわ」

彼女は慌てながら汎用端末《ツール》をしまい、

「チケットがとれたらレース場で会いましょう！　またね！」

「まあ、とれるようなことがあったらまた」

社交辞令の挨拶を残してその場を去っていった。

まあもう会うこともそうそうないだろう。

雲の上、いや銀河の彼方《かなた》にいる人だからな。


ノスワイルさんとの話が終わり、宿泊施設《カプセルホテル》に戻ろうとしたとき、

「おい貴様！」

ユーリィ君《ヒーローくん》に絡まれてしまった。

ならば言っておかないといけないことがある。

「言っとくけど、ここで先に仕事をしてたのはこっちだからね？」

君の後を追いかけて嫌がらせに来たとかしてないからな？

むしろそっちがここにやって来たんだ。

文句を言われる筋合いはない。

しかしユーリィ君《ヒーローくん》が絡んで来たのは違う理由だった。

「なぜお前なんかがミス・ノスワイルと会話をしていたんだ?!」

あーこれはあれだ。

熱狂的《ファン》なファンってやつだ。

さっきノスワイルさんと一緒にいた時の様子を見れば解《わか》りそうな事じゃないか！

だがやましい事なんかは一切していない。

彼女が、僕に助けてもらったからとお礼を言ってきただけだ。

「戦場で助けてもらったんでね。たまたま会ったからそのお礼を言ってただけだ」

しかし、彼女が僕に助けてもらってお礼を言った。

なんてのを、ユーリィ君《ファン》が信じるはずがない。

だったら信用するように話せばいい。

「だとしてもお前みたいなやつが話しかけるな！」

「いや。それじゃお礼が言えないじゃん」

「彼女のマネージャーに伝えればいいんだ！」

「いやマネージャーさん船にいるみたいでここにいないし……」

甘かった。

どうやら内容にかかわらず、話しかけられただけでアウトらしい。

彼女が貴族の令嬢ならともかく、そうではないのだから話すくらい問題はないだろうに。

やっぱり熱狂的《ファン》なファンには理屈は通じないか……。

「とにかく彼女に近づくな！　話しかけるな！　見るな！　話しかけられるな！　いいな！」

いや、見るなと話しかけられるなは無理だお。

また殴りかかってくるかと思ったけれど今回はなかった。

多分、ノスワイルさんを捜しに行くために時間を惜しんだんだろう。

さすがにこれ以上はもうなにも起こる事はなく、仮眠を終えた後はつつがなく依頼が終了し、帰路に就く事ができた。

☆　☆　☆

【サイド：スクーナ・ノスワイル】

2回目も断られちゃった……。

彼の状況判断や戦場を見る『眼《め》』があれば、レースはもちろん、今後の活動にも大いに活躍してくれそうなのに。

彼の性格や立場からして、今の私に近づきたいと思わないのは理解できる。

さっきみたいな異様に熱心なファンがいたり、マスコミにつきまとわれたりする女《わたし》に接近すれば、色々迷惑を被《こうむ》るからだ。

私も彼《ジョン》もあの事件を生き残ったのは一緒なのに、彼はマスコミに騒がれることはなかった。

その理由は、嫌な言い方をすれば見た目だ。

マスコミにとっては、それなりの見た目のデカい女子高生《スクーナ・ノスワイル》や、訳有りのイケメン貴族《リオル・バーンネクスト》みたいに、画面映えするほうが売り上げや視聴率につながるからだ。

本人は目立つのが嫌いなようだから願ったりかなったりの結果らしいけど。

そんなことを考えながら『シード1《船》』に戻ると、

「おっかえりー！　首尾はどうだった？」

私と同じプラネットレースのパイロットであるアエロが声をかけてきた。

「やっぱり断られちゃった」

「そっかー。あの『眼』は是非とも欲しかったんだけどねー」

「『眼』がいいから断られたのよ」

実は彼女を含めた何人かがジョン・ウーゾス《彼》の動きを見ていた結果、彼をスカウトしようという結論に達した。

以前の、私達《たち》の拠点を囮《おとり》にした目《め》眩《くら》まし作戦の時、銀と黄緑に羽兜《はねかぶと》のマークの付いた機体と黒一色の機体を除けば、一番効果的な働きをしていたのが彼だった。

私がリモート操作していた戦闘艇をあっさりと何機も撃破してくれた。

同志《しごとなかま》も、彼の『眼』と動きには感心していた。

「あの『千里眼』。『戦術眼』だっけ？　あれがあったら、レースも作戦も楽できそうなのに～」

アエロは残念そうに呟《つぶや》く。

「ねえスクーナ。色仕掛けとかはやってみたの?!」

そして不満そうな視線を向けながら、とんでもない事をいってきた。

「そっ！　そんなことするわけないでしょう！　それに、私には興味がなさそうだったしね」

自分の顔やスタイルに自信がないわけではない。

レース場やパーティー会場で、絡み付くような視線を感じることは何度も体験した。

しかし彼からはそういった視線は感じなかった。

どちらかと言うと、美術品や絵画を見るような視線だった。

「あんたのその無駄に色々デカくてエロい身体《からだ》に目が行かないとは……あのオタ傭兵……何者っ?!

いや、ヘタレなだけなのか?」

アエロは考え込むような顔をしながら、胸を揉《も》むような手付きを始めた。

「エロい身体とか言わないでよ！」

アエロは明るく可愛《かわい》らしい感じの娘だけど、そういう方向にはものすごく下品だ。

「まー、無理強いしたらろくなことにはならないものね。あ、誠意《色仕掛け》ある説得をするなら、下着とかコーディネートしてあげるわよ♪」

「しないわよ！」

脈もないのにしたって意味はないわよ。

ちょっと悔しいけど……。

私は頭を抱えながら、アエロと一緒に会議室に向かった。

モブ
No.19

「これは間違いなくロセロ伯爵側の言いがかりよ！　か弱い女性から国宝を奪おうとする悪のロセロ伯爵に正義の鉄槌を！」

ゲート警備の仕事から帰ってきてからは、まずは部屋の中や身の回りを整えた。

掃除に洗濯にゴミ出し。部屋の換気に消耗品の補充など様々だ。

それが終了したらネットの閲覧だ。

汎用端末《ツール》や腕輪型端末《リスト・コム》・板状端末《タブレット》・大型端末《ノートPC》では無理だけど、設置型なら電脳空間にダイブできる感覚遮断式ヘルメットが使える。

が、僕は普通に画面《モニター》をみる方式をとっている。

感覚遮断式ヘルメットだと色々と質の良いものが手に入るけど、周囲の状況がみえなくなるので使っていない。

そして楽しむのに全く問題はないので、動画や趣味の同志とのチャットなど、たっぷりと楽しんだ。

翌日は『アニメンバー』に行っての新刊購入からの古本屋巡りと、充実した休日を過ごすことができた。

そしてゲート警備の仕事から帰ってきて3日目。

仕事を受けるべく傭兵《ようへい》ギルドにやってきたのだが、妙にざわついていた。

僕はローンズのおっちゃんの姿を見つけると、まっすぐそこに向かった。

「なんかあったの？」

「貴族同士の利権戦争《もめごと》だ」

「ああ……。理由はなんなん？」

ローンズのおっちゃんがため息混じりに話してくれた情報をまとめると、

○対立しているのはロセロ家とグリエント家
○利権戦争《もめごと》の原因は、少し前に人間国宝に指定された絵師の油絵
○絵師は先月他界
○ロセロ家は伯爵で、当主は小太りのおっちゃん
○グリエント家は男爵で、当主は夫に先立たれた美しき男爵夫人
○どちらも、これは作者が若い頃、当家の先代当主に厄介になった時に、お礼としておいていったもの。書き付けもあると主張

○絵画の本体はグリエント家が所有
○ロセロ家は盗まれたと主張

「これはロセロ伯爵は不利っぽいね。見た目的に」

「明らかに爵位を笠《かさ》に着て取り上げようって構図にしか見えんな」

ヒーロー君なら迷う事なく男爵側だな。

ちなみに傭兵ギルドはこういった場合、依頼があったらどちらからの依頼も受け、傭兵達《たち》自身に受けるか受けないか、受けるならどちらにつくかを決めさせる。

これは、傭兵ギルドがどちらか一方について恨まれるのを防ぎ、中立を保つシステムだ。

『ギルドはちゃんと依頼を出しましたよ。恨むなら、依頼を受けなかったり、そっちにつかなかった傭兵達を恨んで下さいね』

ということだ。

さらに傭兵同士の戦闘は、死んでも恨みっこなしが当たり前だ。

なので、仲のよい傭兵同士は同じ陣営につく事が多い。ちなみに傭兵ギルドの規定のひとつに、

『傭兵ギルドの傭兵は、1年の間に最低4回は、確実に戦闘が伴う（勢力同士の武力衝突・海賊退治など）依頼を受けなければならない。突発的に発生した場合も換算する。ただし、確実に戦闘が

伴う依頼（勢力同士の武力衝突・海賊退治など）・突発的な戦闘が発生しなかった場合はこの限りではない』

というのがある。

その規定でいうと僕はもう受けなくて良いのだが、大きな海賊団が立て続けに壊滅したことで海賊の活動が減少し、海賊退治や護衛の依頼が減少している。

警備の依頼は年間契約のものばかりで臨時（1週間内）や短期（1ヶ月）の依頼はない。

また海賊達が活発になるまでなにもしないわけにもいかないので、どちらかというと受けるつもりだ。

貴族同士の利権戦争《もめごと》は、現在の状況から考えるとなかなかなくならないだろうしね。

とはいえどちらにつくにしても情報が足りない。

期限に余裕があるなら返答は保留しようと考えていると、向こうから大声が聞こえてきた。

声の主は、黄緑の髪に白い肌の女性で、軍服のような服を身につけていた。

「これは間違いなくロセロ伯爵側の言いがかりよ！　か弱い女性から国宝を奪おうとする悪のロセロ伯爵に正義の鉄槌《てっつい》を！」

そしてその主張は、明らかにロセロ伯爵を悪と決めつけていた。

まあ分からなくはない。

僕もローンズのおっちゃんもその可能性を考えたからね。

確かに構図的にはそうだけど、情報はちゃんと集め……てないよなあれは。

それに雰囲気がまるでヒーロー君の女バージョンにしか見えない。

その僕の疑問に、ローンズのおっちゃんが答えてくれた。

「あいつは、この前司教階級《ビショップランク》になったファディルナ・プリリエラってやつだ。前にお前ぶん殴ったのがいたろ？　あれの姉だ」

「げえっ！」

マジで？　最悪じゃんか！

しかも依頼先の下調べもしてなさそうなのに、司教階級《ビショップランク》になってるってヤバすぎ。

絶対に関わらないようにしよう。

あ、ちなみにヒーロー君は、ユーリィ・プリリエラという名前らしい。

「この依頼って締め切りまでの期日はまだあるん？」

「ああ。５日後まで大丈夫だ」

「じゃあ、色々調べてからにするよ」

こういう戦闘は、普通は開始までは秒読みな感じで慌ただしいものなのだけれど、貴族同士の利権戦争《もめごと》は決闘の意味合いが強く、日にちと時間を決め、両軍が揃《そろ》ったところで、いざ尋常に！

という感じで開戦する。

だからこそ悠長にしていられる。

以前のバッカホア伯爵とジーマス男爵の時もそうだった。

もちろん事前工作をするのもいるし、卑怯《ひきょう》な手段を行使する連中もいるので油断は禁物だけど。


僕は傭兵ギルドを出たその足で闇市商店街に向かった。

依頼を受けるか受けないか判断するための判断材料を得るためだ。

それにしても、ここは相変わらず怪しい雰囲気が満載だ。

あの肉屋さんらしい店の幟《のぼり》に書いてある『煮え滾《たぎ》る油泥《ゆでぃ》から生まれし、辛酸たる暗黒の黄金』ってなに?!

他にも色々な怪しい看板なんかを見ながら、目当ての店『パットソン調剤薬局』に到着した。

店内は、相変わらず木と土と草の匂いが充満し、カウンターには袋に入った飴《あめ》がならんでいた。

「いらっしゃい。……なんだ、お前かよ」

以前にきた時と同様に、火の点《つ》いていない煙草《たばこ》をくわえ、新聞を読みながらやる気のない表情を向けてきた。

「お前……前もその挨拶だったよな……」

「うるせえ。で、今日は噂話《うわさばなし》でも聞きにきたのか?」

タイムスパンが短いのもあって、飴が目的でないのは察していたらしい。

「ああ。貴族のロセロ伯爵家とグリエント男爵家の評判とか聞いてないか？」

僕の質問に、ゴンザレスはクイッと眼鏡を上げる。

「2時間かな。その辺ぶらついてきていいぞ」

どうやら情報は比較的手に入りやすいようだ。

入手が難しいなら日を跨《また》ぐ事があるからだ。

「ここでラノベでも読んでるよ」

僕は店の中にある待ち合い用の椅子に座り、ラノベをとりだした。

「じゃあ客きたら教えてくれ」

それだけいうと、ゴンザレスは首の辺りで縛っている髪を前にもってきて首の後ろを露《あらわ》にし、そこにあるコネクターを開け、そこにPCにつながっているコードを差し込み、最初の姿勢になるとピクリとも動かなくなった。

おそらく電脳空間に侵入《ダイブ》し、情報を集め始めたのだろう。

それからはお客が来ることはなく、2時間が経過した。

その結果わかった事は、

○ロセロ伯爵は見た目はあんなのだが、善政をしき、領民に慕われているらしい

○税金も真っ当で人柄も温厚。仕事も真面目にこなしている
○小太りなのは体質と甘い物が好きなせいらしい
○女性にはモテないそうで、いまだに独身
○グリエント男爵夫人側からの宣戦布告があり、仕方なく準備を始めたらしい
○グリエント男爵夫人は、美人でスタイルもよいが、実年齢は不明
○贅沢《ぜいたく》が好きで、自分の好きなブランドを購入するために税金を高くしている。そのため領民の評判も悪い
○そのため、他の星に移住するもの達が増えているらしい
○男爵と結婚する前に、3人の夫と死別している
○男爵は結婚の翌年に病死している
○私兵の戦力的には互角

というものだった。

これ確実にグリエント男爵夫人はアウトだろ！

もちろんロセロ伯爵が流した偽《にせ》情報という場合もある。

「なあ。随分簡単に集まったみたいだけど、信憑《しんぴょう》性《せい》ってどうなんだ？」

「ロセロ伯爵の方は、数は少ないが、住民の情報発信はにたようなもんだ。平和だから書くことがないって感じ。街頭カメラから街中覗《のぞ》いてみたけど平和そのものだった。……んっ……！」

ゴンザレスはそう答えながら、変に艶っぽい声を出しつつ、うなじからコードを引き抜く。

「グリエント男爵夫人の方は、罵詈雑言《ばりぞうごん》に誹謗中傷《ひぼうちゅうしょう》の雨あられだ。街中もろくに人がいないし、いても暗い表情しかしてなかったな」

髪を後ろに戻し、再度縛り直してからコードをしまうと、後ろの棚の下にある小さな冷蔵庫からプラボトルの炭酸飲料を取り出した。

なぜ全身が機械のゴンザレスが食事をするのか？

その理由は人間の本能に関係している。

機械の身体《からだ》を動かすためには、外部からの蓄電池《バッテリー》への充塡でいい。

脳に関しても、特殊な栄養液を月１回のペースで注入すれば事足りるが、食事をしないというのはかなりのストレスになる。

そのため全身義体には、食事を消化し、脳のための栄養液を生成する機能を搭載することが絶対となっている。

もちろん外部からの特殊な栄養液の注入も可能だ。

だが、身体は蓄電池《バッテリー》を使用しなければ動かないので注意が必要だ。

ちなみにバイオ体・クローン体の場合は普通の食べ物だけで両方ともＯＫらしい。

「俺の個人的な意見としては、グリエント男爵領には住みたくないな」

その炭酸飲料を飲みながら、ゴンザレスはふうとため息をついた。

その情報を聞き、色々考えた結果、ロセロ伯爵の方を受ける事にした。

グリエント男爵夫人は絶対にヤバイだろうからね。

モブ No.20

「日和見だな。臆病者」

ゴンザレスから情報をもらった翌日の午前中。

傭兵《ようへい》ギルドに向かうと、ヒーロー君姉がまだ熱弁をふるっていた。

その横にはヒーロー君もいた。

そしてそれをだらしない顔をして聞いている連中と、冷ややかな眼《め》で睨《にら》み付けている連中、我関せずとばかりに仲間内で談笑している連中とに分かれていた。

それを横目で見ながら、ローンズのおっちゃんに声をかける。

「あれ、何かあったん？　まあなんとなく想像がつくけど」

「ご想像通りだよ。姉弟に誑《たぶら》かされたのと、弟に恨みがあったり、あの姉が気に食わなかったりするのと、お前同様にきちんと情報を集めたのに分かれてるんだ」

やっぱりなー。あの姉弟、本人の自覚なしにいろんな所で恨みを買ってそうだからね。

「それぞれの集まり具合はどうなん？」

「まだ数は少ないが、伯爵側が6。男爵側が4だな。伯爵領出身の奴《やつ》と、男爵領から逃げて来た連中なんかもいるからな」

「そういうのはどっちも男爵夫人にはつかないか……」

どうやら伯爵側が多少優勢らしい。

しかし期日までにはどう転がるかわからない。

伯爵側につくと決めはしたものの、戦力差が酷《ひど》いとこっちの身が危ない。

どうしたもんかと考えているところに、ローンズのおっちゃんが声をかけてきた。

「お前はどうするんだ？」

「生活費のために受けて、いまのところ伯爵につくつもりだけど、ついた人数によるかな。伯爵がヤバそうなら依頼は受けないよ」

僕もおっちゃんも雑談をしている程度のテンションで会話をし、

「日和見《ひよりみ》だな。臆病者」

「生き残るためだよ」

という感じで会話は途切れてしまった。

日和見と臆病者という言葉は、あまり良い意味には取られない。

しかしローンズのおっちゃんのその言葉に、侮蔑の意図は感じないし、僕も侮蔑の意味にとらえてはいない。

そんな僕とおっちゃんの視線の先では、プリリエラ姉弟が熱心にロセロ伯爵の悪口を列挙している。

正直よくやるなあと感心すらしてしまった。

それから僕は、その足でギルドの駐艇場《ちゅうていじょう》に向かって、メンテナンスから戻ってきた自分の船の点検を開始した。

もちろんプロにメンテナンスをお願いしたからバッチリのはずだ。

しかし中には、メンテナンスをせずにそのまま返してきて、金だけふんだくる業者もいるからチェックは必須だ。

それが毎回お願いしている、信頼できる業者であってもやっておく。

もしかしたらということがあるかもしれないからね。

それに、個人的に船内に積んでおきたい物のチェックと補充も必要だ。

そんなことをやっていると、

「ちょっといいかしら？」

後ろに女性型・全身機械体アンドロイドのメイドさんを引き連れた、女豹《レオパール》さんことフィアルカ・ティウルサッドさんが、いつもどおり不機嫌そうに声をかけてきた。

相手をしたくないし、できれば無視をしたかったけれど、外で船体をチェックしている時に話しかけられてしまってはどうしようもない。

「なにか御用ですか？」

「貴方《あなた》。どっちにつくの？」

御用ですかと聞いたが、今の状況でならそれは当然だよね。

「情報収集の最中ですかね」

とりあえず素直に現状を話してみると、

「呆《あき》れた。情報収集は大事だけど、時間のかけすぎよ！　迅速な判断ができないの？　それともあの胡散臭《うさんくさ》い女に惑わされてるのかしら？」

この人は相変わらず怒ってるなあ……。よく疲れないものだと感心してしまうお。

「まあ少なくとも、プリリエラ姉弟と一緒に行動はしたくはないですね」

別に答える必要はないのだけど、答えないともっとうるさそうなので、今のところの考えを答えた。

「だったらなぜどちらにつくか決めないのよ?!」

で、あるにもかかわらず怒鳴られた。

「だから情報収集している最中なんですよ……」

面倒くさいなあとうんざりしていると、後ろにいたアンドロイドのメイドさんが、

「御嬢《おじょう》様《さま》。人各々《ひとそれぞれ》やり方があるのですから、ご自身のやり方や考え方を押し付けるものではありませんよ」

と、助け船をだしてくれた。

「でも……」

「はいはい。私達《たち》も情報収集に参りましょうね」

「ちょ……ちょっと！」

アンドロイドのメイドさんは、フィアルカ《レオパール》さんの腕をとり、

「ではウーゾス様。失礼いたします」

と、にこやかな笑みを浮かべてフィアルカ《レオパール》さんを連れて去っていった。

ありがとうアンドロイドのメイドさん！

☆　☆　☆

【サイド：シェリー】

御嬢様を母艦の『ウクリモ』が停泊している大型機用の駐艇場《ちゅうていじょう》まで引きずって帰ると、早速御嬢様に文句を言われました。

「シェリー！　どうして邪魔をしたのよ?!」

「御嬢様。目的はウーゾス様がどちらの陣営につくか調べることですよね？」

「そうよ！　なのにあいつまだ決めてないなんて！」

御嬢様がやきもきしているのはよくわかります。

今回御嬢様は、ウーゾス様と同じ陣営で戦いたいらしく、ウーゾス様がどちらにつくかやきもきしているようです。

グリエント男爵夫人側についているファディルナ・プリリエラ様はお綺麗《きれい》な方ですから、ウーゾス様が選んでしまうやもと、お嬢様が考えてしまうのはしかたがありませんね。

しかし私個人といたしましては、グリエント男爵夫人側につくのだけはおすすめできません。

御嬢様自身も嫌がっておられますしね。

「御嬢様。大人しくロセロ伯爵側につきましょう。グリエント男爵夫人側が胡散臭いのは御嬢様もわかっておいででしょう？　ウーゾス様もそのおつもりのようですし」

「あいつはまだ決めてないって……」

納得のいかない御嬢様の言葉をさえぎり、私は言葉をつづけます。

「『急《せ》いては事を仕損じる』『石橋を叩《たた》いて渡る』。たとえ腹の底で決まっていたとしても、慎重に行動するにこしたことはありませんからね。ウーゾス様はその辺りを理解しておられますよ」

「わかった……そうするわ」

御嬢様は自分の髪の毛をいじりながら、私の意見に納得してくださったようです。

不承不承のように見えますが、あれでちゃんと納得しているのは、生まれたばかりの頃からみている私にはよくわかります。

「では、私達も船の点検《チェック》を始めましょう！」

★　★　★

僕は夕方頃には全てのチェックを終え、こまごましたもののリストを作ったあと、繁華街の方に足を向けた。

べつにそのリストの品物を買いに行くわけじゃない。情報の精査をするためだ。

ゴンザレスの情報が信じられないわけではないが、しておいて損はないだろう。

以前、バッカホア伯爵の陣営に列席してしまった時は、ゴンザレスの所に薬待ちのお客さんがいたのもあって、情報を貰《もら》わずに仕事をうけてしまった。

まあ、そのおかげでロスヴァイゼさんと敵対しなくて済んだんだから運が良かったともいえるけど。

そうして僕が向かったのは、繁華街の一角にある『占いビル』というところだ。

非科学的で根拠がないと断言されたにもかかわらず、いまだに脈々とこの手の商売が続いているのは、人間の性《さが》に訴えかけるものがあるからなのかもしれない。

とはいえ僕は占いをしに来たわけではない。

僕は迷路のようなビルの内部《なか》を進んで『水晶玉占い』とだけ書かれた店に入った。

そこは足音を消すための毛足の長い深緑の絨毯《じゆうたん》が敷かれ、壁と天井は元々のビルの内壁らしいセピアがかった白だった。

その壁際に濃い紫の布のかかったテーブルがあり、その向こうに灰色のフード付きのローブを着た老婆がいた。

「おやいらっしゃい。このババアの所によくきたね。お悩みかい？　失《う》せ物《もの》かい？」

少々鷲鼻《わしばな》で、まさに魔女といった風貌だ。

「いや、聞きたいことがあってね。ロセロ伯爵家とグリエント男爵家の事が知りたいんだ」

僕はそういうと、現金《クレジット》の入った封筒をテーブルに置いた。

「なるほどなるほど。ちょっと調《占》べて《って》やろうかね」

この婆《ばあ》さんはゴンザレス同様の情報屋であり、占い師でもある。

というか占い師が本業らしい。

だったらこの部屋は、もう少し占い師っぽくした方がいいとは思うが本人いわく、

『たしかに雰囲気は大事さ。でもそれと占いの腕は関係ない。それに壁紙やカーテンは案外高いん

だよ』

と、いうことらしい。

もちろん情報屋としての年季はゴンザレスより長く、情報の信憑性《しんぴょうせい》も高い。

婆さんは封筒を懐《ふところ》に仕舞い込むと、水晶玉に手をかざし、むにゃむにゃと呪文のようなものを唱え始めた。

ちなみにこの水晶玉はこちらからは見えない仕様のモニターになっていて、そこに情報が流されるらしい。呪文は起動キーワードかなんかだろう。

そしてしばらく黙り込むと、

「ふむ……ロセロ伯爵領は評判がいいみたいだね。少なくとも伯爵はバカじゃあないみたいだから、領地がどうすれば発展するか、ちゃんと理解しているようだね。困ってるのは移り住む連中が多いぐらいのことと、本人が女にモテないぐらいのことだ。グリエント男爵領は男爵が死んじまってからは大変な状態みたいだね。税金もなにもかも高額になっちまったようだ。そして、今回の戦争の火種は絵師の油絵だね？　どっちが正しい持ち主かどうかはわからないが、私《あたし》の私見でよけりゃ聞くかい？」

婆さんはニヤリと笑うと、スッと手を差し出した。

つまりは追加の金を寄越《よこ》せということだ。

私見と言っているが、間違いなく事実だろう。

聞いておく価値はある。

「ああ、お願いするよ」

なので、裸銭《はだかぜに》の紙幣を何枚かテーブルに置く。

すると婆さんはそれを懐《ふところ》に仕舞い込み、

「グリエント男爵夫人側が絵を盗んだのは間違いないね。理由は金。それと新しく男を釣るためだね」

と、断言した。

「どうしてグリエント男爵夫人が盗んだ方なんだって顔だね。理由は簡単さ。グリエント男爵の先代はそりゃあクソ貴族の見本みたいなやつでね。平民だった画家に親切にするわけがない。病死した男爵夫人の旦那は、名前と爵位だけを継いだ親戚筋さ。それと、この男爵夫人の前3人の旦那の死別数は貴族だけ。平民をいれたらもっといるだろうさ。おそらく狙いを貴族にした時に名前も身体《からだ》も変えたね。あんたがグリエント男爵夫人側につくなら気を付けな。あの女はこの私《あたし》と違って真っ黒だからね」

婆さんは、断言の理由を話すと楽しげに笑った。

「あんたも大概黒そうだけど?」

僕が思わずそういうと、

「あれに比べれは儂《わし》なんぞ清廉潔白じゃて……ひっひっひっ」

完全に魔女みたいな笑いをしてきた。

この婆さんもゴンザレスも、情報の信頼度が高い情報屋なだけに、もし男爵夫人側が優勢だったら受けるのはやめた方がいいだろう。


それから僕は、締め切り日までの2日間、受けた人数と比率を尋ねるためだけに傭兵ギルドに夕方頃に足を運んだ。

主人公属性な連中（ヒーロー君ことユーリィ・プリリエラやリオル・バーンネクスト少佐殿。その他もろもろ）からは、「卑怯者《ひきょうもの》」「臆病者」とかの罵声を浴びて当然だろう。

しかし生き残るためにこれぐらいして何が悪いお。

こちとら神様に優遇《しゅじんこう》された者達じゃないんだから、あっさりくたばる確率が高いんだ。

そして締め切り日の夕方に人数と比率を尋ねたところ、約600人前後が参加し、伯爵側8・男爵側2の比率に収まったらしい。

なので、一抹の不安はあるが、伯爵側の依頼を受けることにした。

モブ No.21

「そのあたりをちゃんと調べるのも傭兵だ。違うか？」

僕が登録するとちょうど締め切り時間になり、その時には周りの傭兵達《ようへいたち》は現場に行くために大半が既にロビーを離れていた。

ありがたい事にプリリエラ姉弟の姿もなかった。

その事にほっとしている僕に、ローンズのおっちゃんが声をかけてきた。

「あの姉弟が頑張ってた割には、伯爵側が多かったな。しっかりした判断をするやつがいてよかったぜ」

「もしかして、色々情報知ってたの？」

「そのあたりをちゃんと調べるのも傭兵だ。違うか？」

「たしかにごもっとも……」

依頼をだすほうがそれぐらい調べてあるはずだよな。

ずいぶん意地の悪い事だが、これも傭兵の意思を尊重し、ギルドが中立を保つためのやり方なのだろう。

まあそれでも情報屋（友人と老婆）の所にいっただろうけど。

ともかく手続きも終わり、準備も終わっているのだから、早速戦闘宙域《しごとば》に出発だ。


今回の戦闘宙域であるナガン宙域は、ロセロ伯爵領とグリエント男爵領があるちょうど中間だ。

現在は敵勢力は確認できず、おそらく敵兵力もチェックや燃料補給を受けている状態だろう。

ちなみに僕の居る伯爵家の陣営では、ランベルト・リアグラズ君、正確にはロスヴァイゼさんの活躍を聞いた傭兵や伯爵の私兵達が、オープン回線でランベルト君を称賛する会話が飛び交ったりしていた。

ちなみに彼の階級は城兵《ルーク》に上がっていた。

戦闘ごとに何度も気絶しているのだから、少しは恐怖を感じて彼の方から船を降りていてもおかしくはなさそうなのだが、

『私にふさわしい方が見つかるまでは、あれに船《わたし》を降りられたら、補給ができませんからね。気絶したら超覚醒してるんですよ～凄《すご》いですね～って言っておだててるんです。失禁は初回以外はしていませんしね』

というロスヴァイゼさんの口車に乗せられているため、いまだに船を降りていないという状態らしい。

つまりは操り人形みたいなものじゃないか、おっかないなあ。

そして女豹《レオパール》さんも大人気だった。

まあ、あれだけの美人さんだし、その上強いとなれば男女問わず人気が出るのは当たり前かな。

「そう言えば、司教階級《ビショップランク》の女の人とその弟がいましたけど、あの人達は勧誘しないんですか？　あと知ってるかはわかりませんが女豹《レオパール》さんとか」

僕はこっそりと、プリリエラ姉弟と女豹《レオパール》さんの事を聞いてみた。見た目や能力ならロスヴァイゼさんの希望にそうはずだ。

するとロスヴァイゼさんは明らかに不快な表情になった。

『あんな女尊男卑の権化《ごんげ》みたいな姉弟は駄目ですよ。多分あの女の周りはシンパみたいなのしか居ません。貴方《あなた》もあんなのには関わらない方がいいですよ。弟はフェミニストにも程があるし、自己中心的すぎます！　私にふさわしいのは能力と人格を兼ね備えた人物じゃないと』

最後の部分以外は同感かな。

多分２人とも間違いなく向こうにいるだろうしね。出くわさないといいなあ……。

『それから女豹《レオパール》ことフィアルカ・ティウルサッドですが、彼女に連絡を取ろうとすると、必ずあのメイドが出てくるんですよ。彼女の母船はともかく汎用端末《ツール》にまで出てきて接触を邪魔するんですよ！』

ロスヴァイゼさんはプンプンしながら目当ての人物《ノイアルカさん》を勧誘できない事に苛立《いらだ》っていた。

ロスヴァイゼさんの接触を全部カットするとは……あのメイドさんやり手だなあ。

そこに、オープン回線で、モニターに小太りの中年男性の姿が現れた。

『あー、今回の戦《いくさ》に参加してくれた我が領地の将兵、そして我が軍に参陣《さんじん》してくれた傭兵の諸君。私が君達の領主であり、雇い主のトラダム・ロセロだ。伯爵の地位をいただいている。皆も知っていると思うが、この戦《いくさ》の原因は1枚の油絵だ。元々は私の屋敷にあったものだが、それを何者かに盗まれた。それをあのグリエント男爵夫人がたまたま手に入れたのであれば、買った時の同額、もしくは割り増しで買い取るつもりだった。もしくは、これは国立美術館に寄付するべきだと言うなら、それでもよかった。または、純粋にその絵を気に入って購入したというなら、なにかしら落としどころがあったはずだ。しかしそれを、初めから当家にあった物だと主張し、さらには戦《いくさ》を仕掛けられるとは思わなかった。ならば古ぼけた油絵の1枚などくれてやると言ったら、疑いをかけたのだから名誉のために絶対に引かない、さらには、疑った詫《わ》びに領地を含めた全てを寄越《よこ》せと言ってきた。男爵夫人には良くない噂《うわさ》もある。それだけは許すわけにはいかない！　将兵・傭兵の諸君。我が領民のため、全力を尽くして欲しい！　諸君らの活躍と生還を期待する！』

見た目はたしかに、僕同様に女性にはモテない感じだ。

しかし、戦争を回避しようとしたり、傭兵にも生還を希望するなど、どうやら評判は間違っていなかったらしい。

そうして、伯爵の私兵の司令官らしい人物から、配置の指示と、指揮系統の確認の終了ののち、全軍に前進の指示が出る。

こうして、1枚の油絵から始まった利権戦争《もめごと》の幕は切って落とされた。

☆　☆　☆

【サイド：エリザリア・グリエント男爵夫人】

惑星ヤビョンにあるグリエント男爵の屋敷。

その一室に、グリエント男爵夫人ことエリザリア・グリエントはいた。

執務用の椅子にきちんと足を揃《そろ》えて浅く座り、背筋をしっかりと伸ばしている。

そしてその心配そうな表情は、貞淑な男爵夫人の見本のようだった。

そして夫人は立体映像電話《ホロ・フォン》の画面《モニター》を見つめ、向こうの人物、ファディルナ・プリリエラと会話をしていた。

「本当に大丈夫なんですか？」

『はい。か弱い女性から国宝を取り上げようとする邪悪な伯爵軍など、恐れるものではないわ！』

「そうですか……では、お願いしますね」

『おまかせください！』

男爵夫人は申し訳なさそうに頭を下げ、プリリエラは自信満々に返事をした。

そうして会話が終わると、男爵夫人は頭を上げ、画面《モニター》から目を離す。

すると今までの落ち着いた様子からガラリと雰囲気がかわった。

執務用の椅子から立ち上がると、豪奢《ごうしゃ》なソファーにどっかりと座って足を組み、肘掛けに寄りかかる。

「本当にああいう単純なのは扱い易《やす》いわね。ヒロイン気取りだから、こちらがしおらしく見せれば簡単に勘違いしてくれるし。このまま、あの油絵だけじゃなく領地もいただけば、もっともっと贅《ぜい》沢《たく》ができるわね。いままでいただいた財産も目減りしてきちゃったし、やっぱり早い内に惑星を封鎖して、領民が他の星に逃げられないようにすればよかったわ……」

さっきまでの姿は欠片《かけら》もなく、傲慢で軽薄な本来の姿を現した。

「ワインをお持ちしました」

そこにメイドが現れ、手を差し出してそのまま指を閉じればいいだけの位置に、トレイに載せられた赤ワインが入ったグラスが用意される。

男爵夫人はグラスを手に持って中身を見ると、トレイを持っていたメイドにワイングラスを投げつけた。

ワイングラスは割れ、メイドの頬から血が流れ、服はワインまみれになった。

「誰が赤を持ってこいって言ったのよ！」

「しかし、先ほどは赤を用意しろと……」

「気が変わったのよ！　そんなことも分からないなんて、本当にクズね！」

「申し訳御座いません……」

メイドはただただ頭を下げて謝罪をする。

ここでこれ以上言い訳をすれば、私兵という役職のチンピラになにをされるか分からないからだ。

男爵夫人はそれを理解しているのか、優越感に満ちた笑みを浮かべていた。

「私は少し休むわ。その間にカーペットを新しいのに張り替えておきなさい。貴女《あなた》1人でね」

「はい……」

男爵夫人は力なく返事をするメイドをせせらわらいながら、名ばかりの執務室を後にし、

「（後数時間もすれば、あの裕福な伯爵領が手に入るのね！　本当に楽しみだわ！　新しい宝石に毛皮にコスメに……。そうだわ！　惑星ヤビョンを一度更地にして新居を建てましょう！　住民は全員売り飛ばして小銭にしておけばいいわね）」

寝室に向かいながら、いずれ手に入る裕福な領地《おたから》の皮算用を始めていた。

モブ No.22

『あー気持ち悪い』

ついに戦闘が始まった。

僕は左翼に配置され、ロスヴァイゼさん・フィアルカ《レオパール》さんも左翼に配置された。

彼女達《たち》の言葉や行動はともかく、頼りになるのは間違いない。

これで左翼での生存率は高くなったが油断は禁物。

みっともなかったとしても、生き残るための立ち回りをするつもりだ。

なにしろ向こうは、か弱いフリした男爵夫人を守るために、使命感に燃えている連中だ。

宇宙空間に大小数百の艦艇の集団が2つ。

小惑星帯《アステロイドベルト》に近づいているような錯覚を覚えながらも、双方から放たれた火線が岩石ではないことを嫌でも教えてくれる。

僕は操縦桿《そうじゅうかん》を握り直すと、バリアを張り、火線に向けて船を進めた。

「ふー。いまのは危なかったー！」

戦闘開始から1時間。

敵右翼は動きもよく、こちらを的確に狙ってくる。

しかしやはりあの姉弟に勧誘されたり、ろくに下調べせずに男爵夫人側に付いた連中のほとんどは、自信だけはある連中なだけに、たとえ即席でも連携が全くできていないし、人によっては口ほどの腕がなかったりする。

そのあたりが付け入る隙になり、こちらが何とか勝利できている状態だ。

そして凄《すご》いのがやはりロスヴァイゼさんだ。

速度・反応・機動の全てが人間以上であり、火力も凄《すさ》まじい。

フィアルカ《レオパール》さんも活躍しているが、ロスヴァイゼさんに比べれば見劣りしてしまう。

そんな時に、右翼が押されぎみという情報がはいった。

ちなみに中央は拮抗《きっこう》し、僕・ロスヴァイゼさん・フィアルカ《レオパール》さんのいるこの左翼は押しぎみ状態らしい。

とはいえ今の戦場を離れるわけにはいかず、そのまま戦闘は続けられる。


そしてそれから30分後。

敵右翼は8割が撃墜・逃走し、残った2割も戦意喪失か戦闘不能状態だ。

この戦果《ウォーリザルト》の7割はイキリ君ことロスヴァイゼさんによるもの。

やっぱり意思のある古代兵器はすごいね。

勿論《もちろん》そんな事実は本隊にも伝えられる。

その情報を聞いた本隊から、全軍の位置をずらして、三方から包囲する作戦が通達された。

しかしその時、同時に右翼の7割がこちらを裏切り、残りの右翼部隊と本隊に攻撃をしかけてきたと、全軍に通達があった。

やられた。

どうやらあの姉弟が仕込んだことなのだろう。

そこに本隊からさらに通達があった。

『本部より通達。左翼部隊の半数は右翼の支援に向かえ！　繰り返す！　左翼部隊の半数は右翼の支援に向かえ！　残った左翼部隊はそのまま前進！　敵本隊に少しでもダメージを与えてくれ！　部隊分けはそちらに任す！』

その通信を聞くと同時に、

『では私は右翼に行ってきますので！』

ロスヴァイゼさんはにこにこしながら、物凄いスピードで右翼に向かった。

多分傀儡《あいぼう》を探しに行くんだろう。

もしくは暴れ足りなかったのかもしれない。

ロスヴァイゼさん＝ランベルト・リアグラズ君が右翼に向かったのを、何人もが確認し、半分くらいがその後を付いていった。

多分おこぼれを狙いに行ったんだろう。

だが僕は行くつもりはない。

向こうはなんとなく嫌な予感がするんだよね。

☆　☆　☆

【サイド：ユーリィ・プリリエラ】

「よし！　ロセロ伯爵軍右翼潜伏部隊は反転後に砲撃開始！　グリエント男爵軍左翼部隊は砲撃後に前進！　貞淑で麗しいグリエント男爵夫人に勝利を捧《ささ》げるぞ！」

俺の命令で、その全ての部隊が動きはじめる。

さすが姉さんだ。

説得して男爵夫人側に引き込んでおきながら、あえて敵陣営に送り込み、敵左翼が前進したのを見計らってから寝返らせる。

単純だが効果的な作戦だ。

右翼にはチャラそうな奴《やつ》や姉さんに色目を使った奴、俺に色目を使って来た奴なんかを配置しておいたから、潰れたとしても惜しくはない。

このまま前進し、男爵夫人に因縁をつけて国宝を奪おうとする醜い伯爵風情は、この俺が宇宙の塵《ちり》にしてやる！

そのとき味方から報告が来た。

『敵機襲来！　機影は1！　いえ、その遥《はる》か後方に多数の機体を確認！　中央を突っ切って来たようです。機影は……呼出符号《コールサイン》ロスヴァイゼ！　あのランベルト・リアグラズです！』

あいつか。今間違いなく王階級《キングランク》に近い男。

伯爵側につくとは愚かな奴め。

正義を行うこの俺に挑んでくるか！

相手にとって不足はない！

「あいつは俺が相手をする。敵本隊は頼む！」

俺はスロットルを開き、悪の手先《リアグラズ》に向かっていった。

どちらが強い《正義》か証明するために！

くそっくそっくそっくそっくそっくそっ！

なんでだ?!　なんでこの俺の攻撃が当たらないんだ！

あとからやって来た雑魚《ざこ》は、奴との戦闘の余波程度でバンバン落とせたのに！

『しっかりしなさいユーリィ！』

俺の必殺のパターンをことごとく潰され、かなり頭にきていたところに姉さんの声が響いた。

目の前に居たなら、頬の一発ぐらい張られていただろう。

『あの男は男爵夫人が所有する国宝を奪おうとする伯爵の手下よ！　しょせん私の神託《せっとく》を聞き入れない男は生きる価値はないわ。夫人が優雅に快適に生きていくために、私達が負けるわけにはいかないのよ！』

その姉さんの言葉で俺は冷静さを取り戻した。

「わかってるよ姉さん！　俺達はか弱い女性の味方。それは正しいことだ」

改めて気合いを入れ直し、悪の手先《リアグラズ》を睨《にら》み付ける。

その時誰かがオープン回線で話しかけてきた。

『あー気持ち悪い』

それは、あのランベルト・リアグラズだった。

☆　☆　☆

【サイド：小型戦闘艇ＷＶＳ－09・ロスヴァイゼ】

戦闘中、プリリエラ姉弟の会話を盗聴《聞い》していましたが、その会話の内容は気持ち悪いの一言でしたね。

ファディルナ・プリリエラ《あのおんな》のあからさまな女尊男卑は、単に自分の欲望を満たすためのお題目。

おまけに、自分の弟を女性《じぶん》の話だけを鵜呑《うの》みにするように調教《きょういく》したのでしょう。

私に生体の身体《からだ》があったら確実に嘔吐《おうと》をしていましたね。

そのあまりの気持ち悪さに、思わずオープン回線で呟《つぶや》いてしまいました。

ちなみに、気絶するまでの時間が少しずつ長くなっているとはいえ、しっかりと気絶した気絶男《ランベルト》に替わり、戦闘中はランベルトの立体映像《ホロ》を投影し、音声も合成しているので問題はありません。

それにしてもよくファディルナ・プリリエラ《あんなの》が司教階級《ビショップランク》になれましたね。

ちょっと調べてみたところ、あの女は惑星イッツ支部の所属ではなく惑星ダアデの所属で、今回は弟に話を聞いてわざわざやって来たみたいですね。

すると、ファディルナ・プリリエラ《姉の方》が、ランベルト《私》に話しかけてきました。

『私は全銀河の女性のために活動をしているわ。それが気持ち悪いですって？　愚かなことね。でも今なら許してあげる。愚かで醜い伯爵を始末してくれるならね』

明らかにこちらを見下しながらも妖艶な表情をしています。

どうやら気絶男《ランベルト》が自分の美貌に舞い上がり、味方になると確信しているようですね
ファディルナ・プリリエラ《この女》は。

おそらく男爵夫人がろくでもないのは承知の上、それでも味方をするのは、ギルドを通さない報酬でももらっているのでしょう。

『やれやれ仕方ない。少し痛め付けて大人しくさせるつもりだったが、人を気持ち悪くさせた責任を取ってもらう！』

少しは気絶男《ランベルト》っぽく話せたとは思います。

まいど気絶男《ランベルト》の手柄になるのは納得がいきませんが、この気持ち悪い姉弟を少しばかりしつけてあげることにしましょう。

モブ No.23

「あの『羽兜』が敵右翼に向かってくれたのは幸運でしたね。あれがここにいたら、我々は今頃宇宙の塵だ」


ロスヴァイゼさんと部隊の一部が右翼の援護に向かったすぐあと、左翼の残った部隊は敵本隊に攻撃をしかけるべく前進を開始した。

それに対し、当然ながら敵本隊も迎撃態勢を整えてくる。

小型艇や無人機、中型戦闘艇《駆逐艦》に大型戦闘艇《巡洋艦》に超大型戦闘艇《戦艦》と、なかなかの戦力を向けてきた。

これで中央の膠着《こうちゃく》に動きが出るだろうし、ロスヴァイゼさんが敵左翼を潰してくれればさらに有利になる。

あとは敵側に一発逆転のびっくりメカがないことを祈りつつ、ゆっくり時間稼ぎをすればいい。


と、そんな甘いことを抜かした5分前の自分を殴ってやりたいお！

残った僕達《たち》左翼部隊に相対してきた迎撃部隊は、きっちりと訓練された兵《つわもの》だった。

各個人の動き・しかけるタイミング・機体同士の連携と、最初にいた右翼部隊とは段違いの実力を持っていた。

何度も何度もギリギリにかわして何とか当てる。

コンマ1秒も気が抜けない状態が、さっきから続きっぱなしだ。

良くかわせているものだと自分で感心する。

ならばと中型戦闘艇《駆逐艦》・大型戦闘艇《巡洋艦》・超大型戦闘艇《戦艦》などに近づこうとすれば、即座に護衛機が立ちふさがり、中型戦闘艇《駆逐艦》・大型戦闘艇《巡洋艦》・超大型戦闘艇《戦艦》は距離をとるため近づくことすらできない。

はっきりいって前進どころか後退する勢いだ。

これは僕の勝手な想像だが、敵本隊は大半が傭兵《ようへい》崩れや犯罪者で構成されていて、士気はそんなに高くない気がする。

逆に伯爵側の本隊は士気も高く、良く訓練もされていたはずだからかなり精強なはずだ。

おそらく正規の兵であるこの人達がいたから、中央は拮抗《きっこう》していたと思いたい。

とりあえず戦場が大きく動くまでは、この緊張状態をしのぎきるしかない。

そう思っていた時、不意に敵の迎撃部隊が反転、後退をはじめた。

理由はわからないが、深追いした場合は罠《わな》の可能性もあるので、部隊に残っていた連中は追いかけたりすることはなかった。

すると突然、彼等《かれら》は自軍本隊に砲撃を開始した。

敵迎撃部隊《むこうさん》に何があったかはわからないが、間違いなくチャンスには違いない。

『何だかよく分からんが攻撃続行！　敵迎撃部隊には当てるなよ！』

事態を見ていた本隊からは、敵迎撃部隊を味方と判断したらしい。

『こちら右翼支援部隊。離反部隊及び敵左翼部隊を撃退。このまま敵本隊を攻撃します』

さらに、ロスヴァイゼさんがランベルト・リアグラズの声での離反部隊及び敵左翼部隊の撃退を告げたことで、ロセロ伯爵軍の勝利は色濃いものになった。

☆　☆　☆

【サイド：敵迎撃部隊指揮官少佐】

敵左翼部隊が本隊旗艦にむけて進撃を開始。

数が減っていたこともあり、何とか彼等の進撃を食い止めている状態だ。

「少佐。敵左翼部隊はジリジリとこちらに押されているようです。このまま行けば、敵本隊に接触・攻撃できるのも時間の問題です」

「あの『羽兜《はねかぶと》』が敵右翼に向かってくれたのは幸運でしたね。あれがここにいたら、我々は今頃宇宙の塵《ちり》だ」

副官の中尉とオペレーターの少尉が、今現在の状況に多少なりとも安堵《あんど》する。

たしかにその通りだがまだ油断はできない。

「気を抜くな。まだあの『土埃《カーキー》』や『女豹《レオパール》』がいるからな。特に『土埃《カーキー》』は、一度この船に接近された時には冷や汗をかいた」

「あの時は護衛機が間に合って良かったですね」

『羽兜』ほどではないが『土埃《カーキー》』や『女豹《レオパール》』も危険な相手だ。

このままゆっくりと押していくしかないだろう。

その時、副官の中尉が私に声をかけてきた。

「少佐……私達が本当に戦わないといけないのは、ロセロ伯爵ではありませんよね」

そんなことはわかっている。

だがそうするわけにはいかない理由がある。

「我々は亡くなったグリエント男爵の私兵であって、あの雌狐《めぎつね》の私兵ではありません！」

「彼女はグリエント男爵夫人で、貴族なのは間違いない」

「ですが！」

「くどいぞ中尉」

中尉は熱を持って私に詰め寄ってくる。

しかし私にはそれを拒否しなければならない理由がある。

私1人ではない。

何十人という人達のために。

「中尉。だまって持ち場に戻りたまえ」

中尉は渋々といった表情で持ち場に戻った。

その時オペレーターから報告があがった。

「司令！　通信文《メール》が届いています！　差出人はオスルデパートです！」

「内容を読んでくれ！　早く！」

その報告を聞き、私は思わず声を荒らげた。

「『2つの品は無事入手。破損なし。他の品物も無事入手。集荷場に向かう』以上です」

オペレーターは興奮しながらも、通信文《メール》を読んだ。

その内容は、私や一部の兵士達にとって待ち焦がれていたものだった。

「こんなときになにかの注文品の心配ですか?!」

副官の中尉は苛立《いらだ》った様子で私に声をかける。

「私達の家族が救出された……」

「は？」

私以外にも、何人もの部下達がその報告に涙を流しながら喜んでいた。

中尉は、私や周りの者達の様子に驚き戸惑っていた。

無理もない。

人質を取られていたのは、家族持ちの一部の者達だけなのだから。

「私を含めた十何人かは、家族を人質に取られ、あの女に従わざるをえなかった。いまのは、私達の家族があの女の手から助けられ、ごろつき共に奪われた軍事施設を襲撃し、街を取り戻しているレジスタンス達からの合図だ。おそらくあの女に人質を取られていた人達は、みな決起したはずだ！　もう遠慮はいらない！　我々の真の敵を倒しにいくぞ！」

ブリッジは歓喜の声に包まれた。

しかしその歓喜の声は、一発の銃声がかき消した。

その状況を作り出したのは副官の中尉だった。

「なんの真似《まね》だ中尉？」

「伯爵軍との戦闘を続けろ」

中尉は天井に向けていた銃を此方《こちら》に向ける。

「理由を聞いていいかな？　中尉」

「既にお分かりなのでしょう？」

「先ほどの挑発は随分と稚拙《ちせつ》だったな」

中尉は顔を歪《ゆが》ませ、私に銃を向け直す。

ブリッジにいた全員に緊張が走る。

銃を突きつけられていることもそうだが、この状態が長く続けばいつ敵軍に撃沈されるかわからないからだ。

「君があの女の命令で私達を監視しているのはわかっていた。君が独身で恋人もおらず、ご両親もお亡くなりになっているため、人質が取れなかった。そのために、あの女は君を籠絡《ろうらく》したのだろうな」

「エリザリア・グリエント男爵夫人は素晴らしい女性だ！　その彼女を裏切ることは許さん！」

中尉は床に向けて再度引き金を引き、

「さっさと戦闘を続けろ！」

苛立ちながら声を張り上げる。

「少しは落ち着きたまえ中尉」

「がっ！」

中尉に向かって私がそういった瞬間、中尉の後ろにいたオペレーターの少尉が、中尉の首筋に電磁警棒《スタンスティック》を押し当てた。

中尉は短い悲鳴と共にそのまま床に倒れ込み、すぐにブリッジのメンバーに拘束された。

私は中尉が持っていた銃を手に取り、

「君は優秀だっただけに、実に残念だ。それだけあの女の手管《てくだ》が巧妙だったのだろう。洗脳の可能性もあるだろう」

身体《からだ》が動かなくとも、私を睨《にら》み付ける中尉に向けて引き金を引いた。

「とはいえ君は、我々からみれば圧政者にしっぽを振った裏切り者だ。色々と証言はしてもらうぞ」

中尉は床に向けられた銃を見つめ、悔しそうな眼《め》をした。

☆　☆　☆

【サイド：第三者視点】

御屋敷《おやしき》の執務室で画面《モニター》を見ながら、グリエント男爵夫人は声を荒らげた。

「ちょっと！　あの連中はなにやってるのよ?!」

「味方部隊に砲撃をしていますね」

「なに勝手なことやってるのよ！」

味方の一部が離反し、同士討ちをしているからだ。

絶対に勝利すると思っていた戦争で、ゆっくりと確実に敗北に向かっているのを見せられ、グリエント男爵夫人は焦りと怒りを露《あらわ》にした。

「いいわ。人質にしていた家族の連中を殺しなさい。一番悲鳴をあげる、最も残酷な方法でね」

グリエント男爵夫人は、その怒りを捕らえてある人質に向け、自分の命令に逆らった愚か者達を苦しめる手段を発令した。

「かしこまりました。ですが……」

そこに、彼女の後ろに控えていたメイドが、グリエント男爵夫人の命令に従いながらも意見を述べようとした。

「なによ?!」

「あの戦闘でこちらが敗北すれば、どのみちお立場が危なくなるのでは?」

「たしかにそうね……」

珍しくメイドの意見を聞き入れ、夫人はデスクから汎用端末《ツール》を取り出す。

「だったら、これでまとめて吹き飛ばせばこちらの勝ちよね?」

その汎用端末《ツール》を見た瞬間、メイドの表情は凍り付いた。

「本当に、それをお使いになるんですか?」

「当たり前よ！　味方旗艦に乗せておいた、リモートスイッチで起動できる惑星破壊用兵器『フレア』を起動させて混戦時に敵味方まとめて消滅させる。私兵や傭兵なんかは使い捨てだから問題なし。おまけにロセロ伯爵も始末できるんだからちょうどいいでしょう?　さあ、貴女《あなた》も見なさい。綺麗《きれい》な花火が上がるわよ」

そう薄ら笑いを浮かべながら、夫人は汎用端末《ツール》の画面をタップした。

とはいえすぐに爆発するわけではなく、約3分ほど経過してから爆発する仕組みになっている。

しかし、5分が経過しても爆発は起こらなかった。

「ちょっと！　どうなってるのよ?!　なんで爆発しないのよ！」

夫人は怒りのあまり端末を床に投げつける。

そこに、先ほどまで静かにたたずんでいたメイドが不意に言葉を発した。

「無駄ですよ。爆発はしません」

「それはどういうこと？」

そのメイドの言葉に、夫人は驚きと苛立ちを隠さないまま尋ねた。

するとメイドは、至極冷静にその質問に答えた。

「そんな爆弾は最初から存在しません。貴女に見せたのは、それらしい外見をしたただの置物《オブジェ》ですよ」

その言葉で、メイドが自分の敵と判断した夫人は通信《でんわ》のボタンを押し、

「私の部屋にきてちょうだい。私に逆らった頭の悪い女を、女として最悪な、一番惨《みじ》めな姿にしてあげてちょうだい」

そう言って通信《でんわ》を切り、メイドから距離を取った。

するとすぐに、黒服を着た屈強な男達が執務室に雪崩《なだ》れ込んだ。

「来たわね。その女を捕まえなさい」

男達が来たことで安心し、優雅にワインを飲もうとワイングラスを手に取った瞬間、夫人は男達によって拘束された。

夫人は信じられないといった表情で男達を睨みつけた。

「なにするのよ?! 私じゃなくてそのメイドよ!」

しかし男達は夫人の拘束を解かない。

「私にこんなことをしていいと思ってるの?! ここには100人以上の私の親衛隊がいるのよ? 逃げられるわけないわ!」

夫人は、すぐにでもその親衛隊がここにやってくるぞという事を示唆したが、

「お前のそのご自慢の親衛隊だがな、1割殺したら残りは逃げたぞ。当然の選択だな。お前などを命を擲《なげう》って助けようというものなどいない!」

男の口からとんでもない事実をきかされてしまった。

すると夫人は身体を震わせ、

「私は貴族なのよ! 私の美しさに虜《とりこ》になっている貴族は沢山いるのよ! 私はいずれ女帝として君臨するの! その私にこんなことをして! 後悔するわよ!」

と、醜くわめき散らした。

するとメイドが夫人に近寄り、

「貴女のどこが女帝? ただの若作りした色ボケ婆《ばあ》さんじゃない」

汚物を見るような表情で夫人を見下ろした。

「エリザリア・グリエント。いえ、ある男の妻を事故に見せかけて殺し、その夫の後妻となり、その後その夫と娘を殺害しその資産を全て奪った女、ジーナ・カルスターフ。事件が起こったのは20年前。その時ジーナ・カルスターフは30代前半だった。それを考えれば実際の年齢は50を超えているわ」

「知らないわよそんな女！」

夫人は怯《おび》えた表情をしながらも、メイドの話を否定した。

それでもメイドは話をやめなかった。

「殺されたのは、夫ザック・ボードアル。妻セリカ・ボードアル。でも、娘のリンダ・ボードアルは生き残った」

「嘘《うそ》よ！　あの時ちゃんと殺したはず……」

夫人は驚いた表情をした後、思わず言葉を発したがすぐに口を閉じた。

「たしかに私とパパは、貴女に崖下に突き落とされた。でも、パパが自分がクッションになって、私が水に叩《たた》きつけられるのを防いでくれた。だから私は生き残った」

「嘘よ！　あの時たしかに子供の死体も！」

「偶然別の子供の死体が流れ着いたのよ。だから私はいまここにいるわ。この屋敷に勤めることになった時、バレるかと思ったけどバレなかった。貴女にとっては些末《さまつ》なことだったからよね？」

メイドは自分の過去を語り終えると、夫人の髪を摑《つか》んで、

「大丈夫。貴女は一番悲鳴をあげる、最も残酷な方法で殺してあげる」

満面の笑みを浮かべた。

その笑顔に、エリザリア・グリエント男爵夫人ことジーナ・カルスターフは、心の底から恐怖した。

モブ No.24

「つまり、一騎打ちしろってわけね……」

敵迎撃部隊が味方に攻撃を仕掛けたのを切っ掛けに、味方左翼による敵本隊への攻撃が開始された。

最初から接敵していた味方本隊に加え、裏切った敵迎撃部隊と味方左翼部隊、敵左翼と造反部隊を壊滅させたロスヴァイゼさん率いる右翼支援部隊が加わったこの状態なら、まず負けることはない。

しかし、海賊や傭兵《ようへい》くずればかりとはいえ手練《てだ》れがいないわけではないだろうし、ロスヴァイゼさんから逃げてきた敵左翼の連中も合流しているので、そこまで油断していいわけではない。

とりあえず、敵迎撃部隊を敵味方識別装置《IFF》で味方に切り替えておく。

案の定、ヤケクソ気味になった一団が異様なまでの弾幕を張りながらこちらに向かってくる。

多分戦場からの離脱を考えているんだろう。

『いま突進してきているのを止めろ！　逃がすなよ！』

本隊から迎撃の指示がきたので、僕を含めた左翼部隊はその一団に向かっていった。

が、そいつらはただ者じゃなかった。

雀蜂《スズメバチ》のエンブレムがついていたので、おなじ海賊団か傭兵くずれの一団なのだろうけれど、実力が半端ではなかった。

ヤケクソになって突っ込んで来たのではなく、左翼部隊を突破し味方本隊を襲撃する気だ！

だったら先頭に立ちはだかるよりは、側面や後方から仕掛けるほうがまだ安全だ。

「あんなエンブレムの海賊団とか居たかな？　見たことないんだけど？」

思わず軽口を叩《たた》きつつも、僕は速度を上げ、敵側面に攻撃を仕掛けた。

ありがたいことに、無人機が何機かと小型艇１機が撃沈した。

が、当然反撃はやってくる。

無人機はともかく、有人の小型艇がめちゃくちゃ動きがいい。

さっきの迎撃部隊の連中と同じかそれ以上だ。

しかしその分突破力は下がるので、先頭が少し減速したように感じた。

他でも同じように、側面や後方から攻撃を仕掛けていた。

それでもこの『雀蜂部隊《ホーネット》』の突進はそこまで下がることはなかった。

この連中と迎撃部隊の連中が最初から全面で押してきて、造反部隊とタイミングを合わせればこっちが負けていたような気がする。

ともかくこの『雀蜂部隊《ホーネット》』の突進は止めないとヤバイ。

僕は１隻の大型戦闘艇に狙いを定めて『張り付いて』やろうとしたところ、フィアルカさんが一足先に無人機と小型艇の間をすり抜け、大型戦闘艇《巡洋艦》に取り付きにいった。

フィアルカ《レオパール》さんなら大丈夫だろうと、彼女の突撃を支援するべく、僕を含めた何人かが掩護《えんご》射撃を敢行した。

☆　☆　☆

【サイド：フィアルカ・ティウルサッド】

味方からの支援攻撃を受けつつ、私は敵大型戦闘艇《巡洋艦》に近寄っていく。

こうなると同士討ちを恐れて、中型・大型艦の砲撃が収まる。私を狙えば味方の艦《ふね》に当たる可能性が高いからだ。

そうしてなんとか大型戦闘艇《巡洋艦》に取り付き、攻撃を始めたところ、青いカラーリングの小型艇が姿を現した。

他の船と同じく、雀蜂《スズメバチ》のエンブレムが白で抜かれていて、さしずめ『青雀蜂《ブルーホーネット》』って所かしら？

ヘッドオン状態からすれ違ったあとはてっきり囲まれると思ったのだけれど、何故《なぜ》か全体が距離をとり、数機を残して先頭の突進に追従していった。

まあそっちの方が大事なのだから、当然といえば当然よね。

そして残った数機は、本隊への進路を塞ぐように陣取った。

「一騎打ちね……。いいわ！　相手をしてあげる！」

逃げてもいいのだけど、追われるのは間違いないから、ここで叩いておいた方がいい。

私はスロットルを開き、『青雀蜂《ブルーホーネット》』の後ろをとるべく距離を詰め、攻撃を仕掛けた。

しかし向こうは後ろに目があるかのように、私の攻撃をことごとくかわしていく。

捉えたと思った瞬間にかわされ、直《す》ぐに後ろを取られそうになる。

冗談じゃない！　私は『あいつ』に勝利しないといけないのよ！

なのに！　こんなところで負けてたまるものか！

そうやって焦ったのがよくなかったのだろう。コンマ何秒の世界で、反応が遅れてしまった。

「きゃあぁぁぁっ！」

向こうがそれを逃すはずはなく、噴射口《ノズル》とエンジンの一部が撃たれ、爆発はしなかったものの、私の船は戦場の残骸になってしまった。生きているのが儲《もう》けものね……。

『御嬢 様《おじょうさま》！　早く！　早く脱出を！』

シェリーが促してくるとおり、早く脱出しないといけないけれど、向こうが逃がしてくれるかしら……？

脱出用ポッドのスイッチはまだ生きていた。しかし脱出は不可能に近かった。

さきほどまで本隊への進路をふさいでいた機体が、こちらに向かって来ていたからだ。

★★★

フィアルカ《レオパール》さんが誰かと一騎打ちを始めたのは分かっていたけれど、突進する『雀蜂部隊《ホーネット》』を止める方が優先だし、フィアルカ《レオパール》さんなら大丈夫だろうと思って突進の妨害に集中していた。

そして何機かで大型戦闘艇《巡洋艦》に取りつき、大破させることができたおかげで、『雀蜂部隊《ホーネット》』の進撃速度が大幅にさがった。

さてこのまま旗艦らしい大型戦闘艇《巡洋艦》もと思っていたところ、誰からか通信が入った。

『お願いいたします！　御嬢様を助けて下さい！』

画面に現れたのは、たしかフィアルカ《レオパール》さんと一緒に居たアンドロイドのメイドさんだった。

助けて下さいと言われても、『雀蜂部隊《ホーネット》』を止める方が優先だし、フィアルカ《レオパール》さんが負けた相手ともなればかなりの強者《つわもの》だろう。

そもそもその通信をなんで僕にしてきたわけ？

フィアルカ《レオパール》さんみたいなヒロインを救出するのは主人公補正がついた連中の役目だ！

いや、この場合はフィアルカ《レオパール》さんを破ってくっころ状態のフィアルカ《レオパール》さんを助けて惚《ほ》れさせる『雀蜂部隊《ホーネット》』の誰かが主人公になるのか？

そんな事を考えていると、アンドロイドのメイドさんが悲痛な声をあげた。

『お願いします！　連中は御嬢様の脱出用ポッドを撃ち落とすつもりです！』

脱出用ポッドを撃ち落とすのは交戦規定として禁止されているので大丈夫なはずだ。と、いいたいけれど、平然と撃って来る奴《やつ》はいるからなあ。

「さっき『雀蜂部隊《ホーネット》』と接触した辺りですかね？」

『そうです！　御嬢様をお願いします！』

「取《と》り敢《あ》えず僕以外にも声かけてくださいね。女豹《レオパール》さんが負けた相手となると、こっちもヤバイですから」

司教階級《ビショップランク》のフィアルカ《レオパール》さんがやられたとなると、相手はかなりの実力者だろうから、大勢で囲んだ方が有利になるからね。

僕が現場に急行すると、動かなくなったフィアルカ《レオパール》さんの機体に、敵の内2機が脱出用ポッドを出せないように陣取り、青い機体と他2機がそれを見守っている状態だった。

なるほどね。そっちの手段をとったわけか。

脱出用ポッドを撃ち落とすのは交戦規定に反するけど、脱出する前なら違反にはならない。

権勢全盛期の貴族達《たち》は、相手を動けなくしてから脱出用ポッドが射出される前に僚機に囲ませて脱出ルートを塞いでからなぶり殺していたなんて記述もあるくらいだ。

取り敢えず、その2機に全速力で近寄りながら、ビーム牽制《けんせい》してフィアルカ《レオパール》さんから距離を取らせたところ、女豹《レオパール》さんは直ぐに脱出用ポッドを射出した。これで大丈夫だろう。あとはメイドさんが回収してくれるはずだ。

でも、問題はその後だ。

恐らくフィアルカ《レオパール》さんを破ったのは、あの青いカラーリングの機体だろう。

見た感じ、ノスワイルさんの乗っていたトリアスギータ社の最新鋭機『ストーム・ゼロ』をカスタマイズした感じの奴だ。

てっきり囲まれると思ったのだけれど、何故か僚機は距離をとり、本隊への進路を塞ぐように陣取った。

「つまり、一騎打ちしろってわけね……」

冗談じゃない！　こういうのは主人公補正がついた連中の役目だ！

いや、この場合は倒した敵を味方につけようとしたところを邪魔された『青雀蜂《ブルーホーネット》』が主人公《ヒロイン》か？

相手の船は僕の船より間違いなく速いのだから、逃げおおせるのは難しい。

しかし、フィアルカ《レオパール》さんが回収される時間くらいは稼がないとね。

そうと決まれば『撃墜騙《だま》し』を仕掛けてやる！

操縦・兵装・レーダーを除いたすべてのエネルギーを推進力に回し、必死に相手の背後を取りにいった。

こうすることで、相手がこちらの背後を取った時に警戒心を持たれないようにするためだ。

とはいえ、これをかわしてくるのが主人公だ。

二ノ矢を用意しておくことにしよう。

それを考えながらも、旋回・宙返り・捻《ひね》り込みと、背後をとるべく戦闘軌道を繰り返す。

それは向こうも同じで、時折ビームでこちらを牽制しながら位置取りを狙ってくる。

その間、敵味方共に近寄ってきたり攻撃をしてくる連中はいなかった。

敵はともかく、味方がこないのは何でだろう？　メイドさんが救援要請に失敗したのかな？

ともかく、敵の邪魔が入らない今が実行のチャンスだ。

僕はスロットルを開き、できるだけ直線を意識して飛んだ。相手もその後をついてくる。

ビームが船体を掠《かす》めた瞬間は生きた心地がしない。

そして、敵の僚機から十分離れたここだと思った瞬間、機首をあげ・機体下部にある姿勢制御用のスラスターを一瞬だけ全力噴射・メインブースター停止を、タイミングを合わせて同時に行う。

すると機体は回転しながら相手の機体を飛び越す形になり、そのタイミングでビームを放てば相手は確実に蜂の巣だ。

しかし流石《さすが》は主人公。それを察知し、船体を縦にしてギリギリで左にかわしていく。やっぱりそうきたか！

なので相手の旋回先になりそうな方向に、とっておきの陽子魚雷《プロトントーピード》２本を放棄するように放出した。

そして改めてメインブースターを開き、旋回する『青雀蜂《ブルーホーネット》』の旋回半径の外まで出てから縦旋回して背後をとる。

すると向こうはスピードを活《い》かして逃げようとする。なのでビームを放ち、意識をこちらに向けさせていれば、置いておいた陽子魚雷《プロトントーピード》に気付きにくくなり、気がついて慌てて舵《かじ》を切れば隙ができる。

そのために陽子魚雷《プロトントーピード》は光沢のでない黒に塗ってある。

排除のために陽子魚雷《プロトントーピード》を撃ったとしても、爆風で、機体は制御が難しくなる。

どうでるかは博打《ばくち》だったけど、向こうは慌てて回避をしてくれた。その瞬間を狙えば！

「ビンゴ！」

ビームがブースターとエンジンの一部に当たり、まともな機動はできなくなった。

このまま撃ち落としても良かったが、『雀蜂部隊《ホーネット》』の本隊の方が重要なのと、本隊への進路を塞ぐように陣取ってた奴等《やつら》が『青雀蜂《ブルーホーネット》』を救助すべくやって来たので、連中に当たればいいなくらいの感じで目眩《めくら》まし代わりに陽子魚雷《プロトントーピード》を撃って爆発させ、その隙にその戦闘宙域を離れた。

そうして『雀蜂部隊《ホーネット》』の本隊を追いかけたところ、彼等は味方本隊の猛烈な迎撃と左翼部隊の追撃を受けながら戦闘宙域を離脱していくところだった。


敵迎撃部隊が味方に攻撃を仕掛けてからわずか15分、両翼の部隊が全滅し、味方の、おそらく一番の精鋭らしき迎撃部隊に寝返られ、敵本隊への突進を仕掛けた『雀蜂部隊《ホーネット》』も撤退しては敗北は確実。

おまけに残った敵本隊のほとんどは、僕の予想どおり傭兵崩れや海賊やチンピラの類いだった事もあって、男爵夫人側はあっさりと全面降伏した。

相手の降伏を受け入れたロセロ伯爵の、

『今、グリエント男爵軍の降伏を受け入れた。戦闘を終了し、生存者の救助や怪我人《けがにん》の収容を開始してくれ』

という終戦宣言と、

『将兵、そして傭兵の諸君。君たちのお陰で、我が領地は守られ、油絵も返ってくることになった。この戦闘で亡くなった者もいる。その者達の冥福を祈り、その者達に恥じない政《まつりごと》を、続けていく所存だ』

という新たな決意の言葉により、今回の闘争《せんそう》は終了した。

モブ
No.25

「わかった。説明してやる」

ロセロ伯爵家対グリエント男爵家の闘争《せんそう》は、ロセロ伯爵家の勝利に終わった。

本来ならその日の内に報酬が支払われるのだが、今回は色々処理が大変になったため、2日後ということになった。

そしてその闘争《せんそう》の日から2日後、

「ちわっす。報酬いただきにきました」

僕は傭兵《ようへい》ギルドに報酬を受け取りにやって来た。

僕以外にも、何百という傭兵が受付に群がっていた。

僕が行くのはもちろんローンズのおっちゃんのところだ。

人数が多いせいもあってか、珍しく人が並んでいたので静かにその列に並ぶ。

そして50分ほどしてから僕の番になると、

「よう。戻ったな」

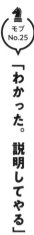

「何とかですよ」

ローンズのおっちゃんは寝不足気味の顔で普段どおりの手続きを始めた。

「今回は本当に面倒臭いぜ。潜入工作なんざやりやがって……」

どうやらその辺りの処理で、色々手間が面倒臭かったらしい。

「ほれ。終わったぞ」

おっちゃんは疲労困憊《ひろうこんぱい》の状態で報酬を渡してきた。

「大丈夫？　休んだ方がいいんじゃね？」

「今日の仕事が終わったらたっぷり休みはとる」

そうはいうがかなりやばそうだ。

幸い僕以降は客が並んでいないのでちょっと提案をしてみた。

「そうだ。今回の仕事に関してのもろもろの説明ってしてもらえるん？」

「できるが……なんでだ？」

「その分休めるじゃん。色々聞きたいのも事実だしさ」

「わかった。説明してやる」

急にキリッとした表情になったおっちゃんは、プラボックスのコーヒーを取り出した。

こうしてローンズのおっちゃんから説明をしてもらったわけだが、色々面倒臭い状態らしい。

まず、手続きが面倒になった原因である、ロセロ伯爵側を裏切り、男爵夫人側についた連中に関してだが、

『傭兵の戦場での行動はギルドは関知しない。両方から依頼を受け、どちらにも傭兵を派遣したのだから問題はない。傭兵が裏切ったのは依頼主の責任』

という、あまりにも身勝手な理屈を掲げ、依頼主からの抗議は受け付けないことになっているらしい。

もちろん抗議が来ないわけではないけど。

さらには、

『敵陣に忍び込んで行動して、味方を勝利に導く潜入工作も立派な戦術。しかし傭兵としては最初の依頼人を裏切る形になるので、昇級のためのポイントは半減。報酬は裏切ってついた方からもらう事』

という、ギルドからはポイント半減以外のペナルティは一切ないのである。

しかし傭兵達《たち》からはかなり白い眼《め》で見られる事になるし、指名依頼などをされる場合の判断材料にはなるため、依頼主からの裏切り行為なんかがないかぎり、実行する傭兵はまずいない。

今回の状況が異常なのだそうだ。

そのため、伯爵側から離反し、グリエント男爵夫人側についた連中はかなり肩身を狭そうにして

いた。

最初からグリエント男爵夫人側にいた連中は一切問題はないが、エリザリア・グリエント男爵夫人がレジスタンスに捕らえられ、彼等《かれら》が実権を握ったために報酬が消滅してしまった。

本来は最初に依頼を受けた人達の分だけでも報酬をギルドに預けておくのだけれど、男爵夫人はしていなかったらしい。

しかしあの迎撃部隊の人達が、

『彼等は依頼を受けただけなのだから、さすがにそれは可哀想《かわいそう》だ』

と訴えたため、男爵夫人のせいで色々と破綻・不足しているところからの、一律50万クレジットという報酬をひねり出してくれたらしい。

最初の提示額が500万クレジットだったことを考えると10分の1になってしまったことになる。

対してロセロ伯爵についた側の報酬は、基本の300万クレジットに加え、参戦した全員に50万クレジットのボーナスがでて合計350万クレジットになった。

さらにこっそり聞いてみたところ、イキリ君ことロスヴァイゼさんにはさらにもう50万クレジット、合計400万クレジットが入るらしい。

そして戦死した者達に対しては、家族・恋人・遺言書において指定されている人物に、今回の報酬、本人の所持していたものの全てを引き渡す。

もしくは遺言書に書かれているとおりに処理をする。

同時にギルドからは慰労金がでる（額は様々）。

という処理が、ついた陣営に関係なく実行され、葬儀は遺族が行う。

遺族がいない上に、遺言書もなかった場合は、報酬や所持品はギルドが接収。

葬儀はなしで書類上の処理だけ行われる。

そのためほとんどの傭兵が遺言書を書き、ギルドに納めている。


そしてあのプリリエラ姉弟だが、弟のユーリィ・プリリエラは、僕を殴った事以外は清廉潔白なため、おとがめはなかった。

しかし姉のファディルナ・プリリエラは、ギルドの幹部職員を誘惑・懐柔して、昇格試験を受けずに司教階級《ビショップランク》になっていた事が発覚した。

それ以外にも様々な事をやらかしていたらしく、ギルドに戻ったところを逮捕しようとしたが、駐艇場《ちゅうていじょう》の船を一部破壊して障害物にし、ギルドの船を盗んで、まんまと逃げおおせたらしい。

ちなみに弟のユーリィ・プリリエラは、船を破壊された上に、それが原因で周りから白い眼で見られる事になってしまった。

どうやら姉の不正は知らなかったらしい。


ちなみに男爵夫人は近日には処刑されるらしいが、中央はなんにもいってこないらしい。

なんでも、男爵夫人が何十人も旦那を取っ換え引っ換えしているため、金目当ての結婚をしたのちに旦那を殺害したのだろうと判断して、犯罪者扱いになったそうだ。

多分被害者がいっぱいいたんだろうな……。

あとはロセロ伯爵を味方にしておこうって考えたんだろう。

ちなみに男爵側にいた犯罪者や海賊は、そのまま捕縛され警察につき出された。


「とまあ、こんなとこだな」

ローンズのおっちゃんは、プラボックスのコーヒーを飲み干すと盛大にゲップをした。

ついでに気になった事を聞いてみることにした。

「そういえばさ、雀蜂《スズメバチ》のエンブレムつけてる海賊なり傭兵団なりを知らないかな？」

「雀蜂《ホーネット》？　いや、記憶にねえな」

「そっか、あれだけ凄《すご》い海賊なり傭兵団なら名前が売れてると思ったんだけどな」

なんとなくなんだけど、ロセロ伯爵を撃破するつもりがなかったように思うんだよね。

だってあれだけの強さがあるなら、迎撃部隊と一緒に初めから攻勢をかけ、造反部隊とタイミングを合わせれば、ロスヴァイゼさんが援護に行くまでに本隊を制圧できたはずだからだ。

まあこれ以上は考えても仕方がない。

報酬をいつものように処理して、『アニメンバー』に新刊でも探しにいく事にするお。

そう思いながら傭兵ギルドの建物外に出ると、何故《なぜ》か フィアルカ《レオパール》さんが仁王立ちで此方《こちら》を睨《にら》み付けながら、アンドロイドのメイドさんと共に待ち構えていた。

「ちょっと時間をいただけるかしら？　ジョン・ウーゾス」

嫌な予感がひしひしと伝わってくるけど、ここで無視して逃げた方が面倒な事になりそうなので、

「なんの御用ですか？」

大人しく話を聞くことにした。

「ここではなんですので、落ち着けるところに行きましょうか」

アンドロイドのメイドさんが、僕と、何故か困惑しているフィアルカ《レオパール》さんを、有名お洒落《しゃれ》カフェチェーンへと誘導していく。

モブ
No.26

「そう……貴方の考えはよくわかったし、環境も理解したわ。でも、必ず貴方の実力を理解して評価する人が現れる。それだけは理解しておいた方がいいわ」

そうして連れだって有名お洒落《しゃれ》カフェチェーンに入店したはいいけれど、ものすごく居づらい。

なにしろ、かなりの美人にメイドまで引き連れているのだから目立たない訳がない。

カウンターに並び、注文して代金を払い、品物が出来上がるのを待ち、出来上がった品物を受け取り、席に座るまではともかく、同じテーブルについた瞬間から、周りからの視線が痛すぎる。

「それで、なんの御用ですか？」

ともかく、早いとこ用件を済ませてもらうべくコーヒーを一口飲んでから、水を向けてみる。

すると、フィアルカ《レオパール》さんは暫《しばら》くうつむいてから軽く咳払《せきばら》いをし、

「その……先日の戦場では、助けていただいてありがとうございました」

と、メイドさん共々深々と頭を下げてきた。

「ああ……。あれはそちらのメイドさんに頼まれたから向かっただけで、貴女《あなた》の危機に気がついていたわけではないので」

なんなら行きたくないとも思っていたのだから、お礼を言われるのは本気で心苦しい。

「それでも助けてもらったのは事実だから、ちゃんとお礼を言いたくて」

「それはご丁寧にどうも……」

女豹《レオパール》さんはたしか貴族の娘さんのはずなのに、随分と律儀な人だ。

で……話が終わったなら帰っていいかなあ？　こんな美人に頭を下げさせてたら、周りから何を言われるかわからなくて怖いんだけど。

するとフィアルカ《レオパール》さんが真剣な表情で、

「ねえ。なんで貴方《あなた》は司教階級《ビシヨツプランク》の試験を受けないの？　どうして実力を示して、周囲の人間に自分を認めさせようとしないの？　昇級試験や、昇級後の人間関係が面倒臭いというのは以前聞いたわ。できればその詳細な理由を教えてもらえないかしら？」

と、詰めよってきた。

ここで逃げ出してまた絡まれるよりは、納得してもらって今後絡んで来ないようになってくればありがたい。

なので、僕が司教階級《ビシヨツプランク》の試験を受けない理由を説明することにした。

「まず一番の理由は、司教階級《ビシヨツプランク》以上は貴族が幅を利かせているという事です。その中で平民の自分が下手に戦果《ウオーリザルト》をあげると、『不正をしただろう？』とか、『それは自分が解決した』とかいって横槍《よこやり》が入って、功績をなかったことにされたりする確率が非常に高いんですよ。さらに私の出身がここ、惑星イッツという事も要因になります」

「なるほどね……。先代・今代の皇帝陛下が貴族への罰則の強化や植民地との格差をなくすように御尽力なさったけど……」

「なかなかなくなるものじゃあないですからね。それに私の見た目が気に入らないと難癖をつけられますね。今現在の騎士階級《ナイトランク》の状態でもつけられますから、「司教階級《ビショップランク》ともなれば『お前の外見は司教階級《ビショップランク》にはふさわしくない！』とかは普通に言われるでしょうね」

外見については自分でも自覚があるので、そこまで気にはならない。

ちょっと一気にしゃべり過ぎたので、一旦コーヒーを一口飲んで呼吸を整える。

「あとは仕事を受けさせないとかですね。毎回ではありませんが、受付の人に謝礼を渡して私の受付をしないようにさせるとか」

いまでこそローンズのおっちゃんのお陰で安定して仕事が受けられているが、傭兵《ようへい》になったばかりの時は、よくやられていた。

貴族に脅されてやっていた受付もいたけど、僕の外見を嫌って自発的にというものもそれなりにいた。

しかもそれを訴えても、相談係的なところに貴族の息がかかっていて無視されたりしていた。

僕がギルドに所属してから3ヶ月たった時に、ローンズのおっちゃんが人事異動で受付にこなかったら、今頃は軍隊に入って過労か使い捨てされるかして死んでいたかもしれない。

「それってギルド職員が不正に加担しているってこと？　だとしたら訴えてもいいレベルの話じゃないの！」

フィアルカ《レオパール》さんは、ギルド職員が不正に加担することに、怒りのあまり拳を握り締めていた。

この人はそんなことはされたことないだろうからね。

「それに、私は出世欲が皆無です。偉くなっても、責任や義務がついて回りますからね。そういうのは適性のある人に任せるのが一番ですよ」

「自分より階級が上の後輩に命令されたりするのよ？　嫌じゃないの？」

「私は指示やら作戦立案やらは苦手ですからね。できる人にお任せしたいですね」

ある意味これが一番の理由かもしれない。

司教階級《ビショップランク》にもなれば、現場の指示やまとめ役を振られる事も多い。しかし僕は他人に指示をしたり、鼓舞したりは、はっきり言って苦手だ。できる人に任せたほうがいい。

「でも……貴方の実力は女王階級《クイーンランク》だったとしてもおかしくないのよ?!　それなのに不当な扱いをされていていいの？」

フィアルカ《レオパール》さんは真剣な様子で訴えてくる。

「過分な評価をありがとうございます。でも、強いと思われて警戒されるよりは、弱いと侮《あなど》られて油断してくれる方がいいですね」

本気で心配してくれているらしいのはありがたいけど、不当な扱いは既にされているからいまさらだ。

それよりは、雑魚《ざこ》扱いされて油断してくれている方がいざというときに有利に働く。

これが、僕が司教階級《ビショップランク》に上がらない理由の全てだ。

それを聞いたフィアルカ《レオパール》さんは、暫く真剣な表情で考え込むと、

「そう……貴方の考えはよくわかったし、環境も理解したわ。でも、必ず貴方の実力を理解して評価する人が現れる。それだけは理解しておいた方がいいわ」

と、返してきた。

僕みたいなキモオタを正当に評価する奴《やつ》なんかそうそういるはずはないから、大丈夫だと思うけどなあ？

「それと最後にもう一度。助けて頂いてありがとうございますウ、ーゾスさん」

フィアルカ《レオパール》さんはそう言いながら丁寧にお辞儀をしてきた。

「あ、いえいえご丁寧に」

取《と》り敢《あ》えず彼女だけは、僕が絡まれてきた今までの貴族達《たち》とは少し毛色が違うらしい。

☆　☆　☆

【サイド：フィアルカ・ティウルサッド】

ウーゾス《モブ》がローンズと会話をしているころ……。


私は『あの男』の姿を見つけると、思わず建物の外にでてしまった。

「なにやってるんですか御嬢様《おじょうさま》？」

「いや……ちょっと緊張して……」

「助けていただいたお礼をするんですよね？」

「わかってるわよ！」

今回の戦場で、私は『青雀蜂《ブルーホーネット》』に敗北し、敵の僚機に脱出を阻止され殺される所だった。

それを救ってくれたのが、『あの男』ジョン・ウーゾスだった。

男女問わず他人に助けてもらったことは何度もある。その時には相手に対して感謝の気持ちは最大限に示してきた。傭兵になってからは初めてのことだけど、今回だってそんなもののひとつなはず。

なのになんでこんなに緊張するのよ！

「ほら。出てきましたよ御嬢様」

「わかってるわよ！」

私は早足で出ていくと、『ウーゾス《あの男》』の前に立ちふさがる。

「ちょっと時間をいただけるかしら？　ジョン・ウーゾス」

「なんの御用ですか？」

この男、今明らかに困惑して、僅かに面倒臭そうな表情を浮かべたわね。

その事にちょっと苛立《いらだ》ったけど、その後の言葉が出ない。

するとシェリーが、

「ここではなんですので、落ち着けるところに行きましょうか」

といって、私達を近くにあるカフェチェーンの『プラネットショットカフェ』に引きずっていった。

ちょっとシェリー！　そんなの予定になかったでしょ?!

店に着くと、私達は注文をすませて注文の品を受け取り、空いている席に座った。

ウーゾス《あの男》は落ち着かない様子だったけど、ノーマルなレギュラーコーヒーを一口飲むと、

「それで、なんの御用ですか？」

と、尋ねてきた。

私は呼吸を整え、軽く咳払いをしてから、言わなければならない事を言った。

「その……先日の戦場では、助けていただいてありがとうございました」

言った！　今まで何回も言ってきた台詞《せりふ》のはずなのに、こんなに緊張したのは初めてよ！

「ああ……。あれはそちらのメイドさんに頼まれたから向かっただけで、貴女の危機に気がついて

いたわけではないので」

「それでも助けてもらったのは事実だから、ちゃんとお礼を言いたくて」

「それはご丁寧にどうも……」

なのに！　なんでウーゾス《この男》は平然としているのよ！

まあ、ウーゾス《この男》の方が年齢も傭兵としてのキャリアも上だから、こういうことは何度かは経験しているのでしょうけど……。なんか腹が立つわね！

そして、どうせならこの機会に、何故《なぜ》司教階級《ビシヨップランク》に昇級しないのか？　その詳しい理由を知りたいと思い、

「ねえ。なんで貴方は司教階級《ビシヨップランク》の試験を受けないの？　どうして実力を示して、周囲の人間に自分を認めさせようとしないの？　昇級試験や、昇級後の人間関係が面倒臭いというのは以前聞いたわ。できればその詳細な理由を教えてもらえないかしら？」

私はできるだけ冷静に質問した。

今までは苛立ち紛れに怒鳴りながら尋ねていたから、向こうもうざったく思って当然よね。

すると暫くの沈黙の後、ウーゾス《この男》は口を開いた。

「まず一番の理由は、司教階級《ビシヨップランク》以上は貴族が幅を利かせているという事です。その中で平民の自分が下手に戦果《ウオーリザルト》をあげると、『不正をしただろう？』とか、『それは自分が解決した』とかいって横槍が入って、功績をなかったことにされたりする確率が非常に高いんですよ。さらに私の出身がこ

こ、惑星イッツという事も要因になります」

ウーゾス《この男》がまず語ったのは、帝国が遥《はる》か昔から抱えている問題だった。

私が生まれるよりもっと昔、貴族の殆《ほとん》どが権力と暴力を駆使して、平民から理不尽に様々なものを奪い取るのは当たり前の事だった。

さらに植民地民ともなれば、より過酷な扱いをされていたという。

「なるほどね……。先代・今代の皇帝陛下が貴族への罰則の強化や植民地との格差をなくすように御尽力なさったけど……」

先代・今代の皇帝陛下と先々代皇帝陛下の王弟《おうてい》であられた公爵閣下の御尽力により、そのような行為をする貴族は減っていった。

しかし、直《す》ぐ様《さま》解消されるはずはなく、貴族の理不尽な行動や出身地の格差問題は未《いま》だによくはなってない。

「なかなかなくなるものじゃあないですからね。それに私の見た目が気に入らないと難癖をつけられますね。今現在の騎士階級《ナイトランク》の状態でもつけられますから、司教階級《ビショップランク》ともなれば『お前の外見は司教階級《ビショップランク》にはふさわしくない！』とかは普通に言われるでしょうね」

それについてはコメントがしづらいわね……。

小太りなのは確かだけど、それ以外は普通だと思うのだけれど。

「あとは仕事を受けさせないとかですね。毎回ではありませんが、受付の人に謝礼を渡して私の受付をしないようにさせるとか」

「それってギルド職員が不正に加担しているってこと？　だとしたら訴えてもいいレベルの話じゃないの！」

私は思わず拳を握り締めてしまった。

ギルド職員が不正に加担したらどうしようもなくなる。私の時はそんなことはなかったけれど、それはやはり私が貴族だからなのだろうか。

そういえば、ギルド職員にも貴族の子息・令嬢は居るわよね。

「それに、私は出世欲が皆無です。偉くなっても、責任や義務がついて回りますからね。そういうのは適性のある人に任せるのが一番ですよ」

「自分より階級が上の後輩に命令されたりするのよ？　嫌じゃないの？」

「私は指示やら作戦立案やらは苦手ですからね。できる人にお任せしたいですね」

「でも……貴方の実力は女王階級《クイーンランク》だったとしてもおかしくないのよ?!　それなのに不当な扱いをされていていいの？」

「過分な評価をありがとうございます。でも、強いと思われて警戒されるよりは、弱いと侮られて油断してくれる方がいいですね」

貴族の子息なら、当然出世は最優先事項だ。

ましてや年下に地位を抜かれ、命令されるなど屈辱の極みだろう。

それに興味がないのは、やはりウーゾス《この男》が平民だからなのだろうか？

しかし、ウーゾス《この男》がなぜ昇級をしないかがよくわかったわ。

なぜならウーゾス《この男》は地位や名誉や自分の評判に微塵《みじん》の興味もないからよ。

私に『怠け者』だのなんだのと呼ばれたところで、憤慨などしないわけよね。

「そう……貴方の考えはよくわかったし、環境も理解したわ。でも、必ず貴方の実力を理解して評価する人が現れる。それだけは理解しておいた方がいいわ」

ウーゾス《この男》が、地位や名誉や自分の評判に微塵の興味もなかったとしても、戦場でその実力を目《ま》の当たりにした者達は違う。

敵対するものは彼の実力に恐れをなし、味方なら頼もしいと感じるだろう。私のように。

「それと最後にもう一度。助けて頂いてありがとうございますウーゾスさん」

私は改めて感謝をしながら彼に頭をさげる。

「あ、いえいえご丁寧に」

彼は焦った様子で返答をすると、さっとコーヒーを飲み干し、「それじゃあ失礼します」といって、そそくさと店を出ていった。

「たしかに用件が終わったけど、どうせならもう少しここでコーヒーを楽しんでもいいと思わない？」

彼がそそくさと出ていった事に対して、私は思わずそう愚痴をこぼした。

「ウーゾス様は居心地悪そうにしていましたから、勘弁して差し上げましょうよ」

シェリーがそうフォローをいれてくる。たしかに彼はこういう店は苦手っぽい感じはしたわね。

「まあ用件は済んだし、私達もさっさと帰りましょうか」

私は冷めてしまったコーヒーをぐっと喉に流し込み、店を後にした。

そして一旦ギルドに戻ると、車《リムジン》に乗って惑星イッツ《こ こ》での自宅に向かった。

その途中、不意にシェリーが話しかけてきた。

「それにしても御嬢様。助けていただいたのがウーゾス様でよかったですね」

「貴女が彼に助けを求めたんでしょう?」

さっきの話でも彼がそういっていたし、何よりシェリー自身がそういっていたじゃないの。

「下手な相手だと、恩人なのを良いことに、理不尽な要求をしてくる方もいらっしゃいますからね」

シェリーのこの言葉に、私は学生時代の事を思い出した。

私は学生時代、階段から足を滑らせそうになった時に、同級生の男子に助けて貰《もら》ったことがある。

その時普通にありがとうと御礼《お れい》を言ったところ、『助けてやったんだから今日から俺の女になれ！　俺の家は伯爵家だ！』と、いってきた。

もし先代・今代の皇帝陛下の改革がなければ、その通りになっていたでしょうね。

「そうね。彼に助けてもらって良かったわ」

私は窓の外を眺めながら、今度彼に逢《あ》った時は、『怠け者』とか『臆病者』呼ばわりしたことをちゃんと謝らないといけないわね。その時は今回みたいに緊張しないようにしないと。

でも、今度って……どういって話しかけたらいいのよ?!

☆　☆　☆

【別サイド：UNKNOWN】

某所。

「申し訳ございません!」

広い空間に声が響く。

その声は若く、悔しさが滲《にじ》み出ていた。

「謝る必要はない。お前はあの薄茶色の機体の足止めに成功しておるのだからな」

若い声に対し、野太い声が若い声の功績を称《たた》える。

「しかし、せっかくの機体を損傷させてしまいました……」

「機体は所詮消耗品。パイロットが生きて帰る方が重要だ」

野太い声は、近くにあった酒の入ったグラスを取り、琥珀《こはく》色の液体を喉に流し込む。

「それにしても、あの『羽兜《はねかぶと》』といい薄茶色といい、在野にはまだまだ強者《つわもの》は多いな。お前に敗れはしたが、豹《ひょう》の象徴《エンブレム》の機体もよい動きをしていたな」

野太い声は、実に楽しそうに猛獣のような笑みを浮かべる。

「兄上。あの薄茶色の機体は、グリエント男爵領の精鋭からは『土埃《カーキー》』と呼ばれたそうですよ」

そこに、また別の声が響く。

「『土埃《カーキー》』か。まさに陽子魚雷《つちぼこり》で目眩《めくら》ましをされたわけか！」

「くっ……」

その言葉に、若い声は悔しそうな声をだす。

「しかし、豹の機体のパイロットを捕獲できなかったのは残念でしたな」

野太い声の弟がそういうと、

「それも『土埃《カーキー》』に邪魔をされました……」

若い声が悔しそうに絞り出した。

その様子に、野太い声は諭すように話しかける。

「雪辱は果たしたいだろうが、我々の目的はエリザリア・グリエント男爵夫人の失脚。それを達成してからのロセロ伯爵家との友誼《ゆうぎ》。

その後の勢力拡大が目的だ。

それに、敗北したのはお前の未熟であり、相手が上手《うわて》であったからだ。恨むのではなく、相手を師と思い、己を精進することだ」

「はいっ！」

野太い声の言葉に、若い声は身を引き締めた。

【特別編】

私の御嬢様

☆　☆　☆

【サイド：シェリー】

私は製作者の手によって生み出され、動作確認や機能確認をされたのち、すぐに保存用カプセルに入れられ、機能を停止させられました。

そして再び起動した時に私の目の前に居たのは、若い男女2人でした。

その御二人《おふたり》こそが、今現在私がお仕えしているフィアルカ御嬢様《おじょうさま》のご両親であられる、ティウルサッド子爵家の旦那様と奥様でした。

御二人が私を発見した時、私は廃墟《はいきょ》の中にある倉庫に置かれてあったそうです。

そしてその時の御二人の話から、私が製作された時代の方々は既に寿命を迎えている程の長い長い時間が経過しているのも理解しました。

私を見つけてくださった御二人の治めるティウルサッド子爵家は、大きな会社を経営してはいるものの、貴族としては慎《つつ》ましやかな生活をしていて、屋敷の住み込みの使用人が少数であったこと、私の記憶容量《メモリー》に家事遂行プログラムや育児プログラム・要人警護プログラムがあったことから、私はティウルサッド子爵家で使用《やとっ》ていただけることになりました。

そうして1年ほど経《た》った頃には、ティウルサッド子爵家や使用人の皆様に可愛《かわい》がっていただけるようになりました。

そして奥様がご懐妊なさって身重になると、私に、生まれてくるお子様の専属メイドになるようにとのご指示がありました。

今現在ティウルサッド子爵家に仕えていらっしゃる、執事のソイディさんや、侍女のカロナさんとマーサさんは高齢で、成長するお子様の体力にいずれついていけなくなるからと。

年齢の若い侍女のエーフィルさんやリリーネさん。執事見習いのザックさんは、赤ん坊の扱いができないからと。

そうして奥様のアリシア様の出産予定日となり、無事女の子をご出産されました。

その時に、旦那様のオーバルト様が大層喜んで大騒ぎしたために、病院の看護師さんに物凄《ものすご》く叱られたのは今でも時々笑い話として奥様にからかわれていらっしゃいます。

そして、生まれたばかりの御嬢様を抱かせていただき、その顔を見た瞬間、私はなぜか御嬢様こそが私のお仕えするべき方だと認識《おもっ》してしまったのです。

理由はわかりません。

ですが私はこの時より、御嬢様のためのメイドになったのです。


そうして私が御嬢様のお世話を担当し、御嬢様が摑《つか》まり立ちをし、しゃべるようになってきたころ、旦那様と奥様が使用人を集めてこんな話をされました。

「もし今後、私の娘が悪いことをしたり、酷《ひど》い我《わ》が儘《まま》を言ったりしたときには遠慮なく叱ってほしい。場合によっては拳骨《げんこつ》なり平手打ちなりしてもらってかまわない。無論拳骨なりはもっと身体《からだ》が成長してからにしてほしいが」

その旦那様の言葉に、私も含めた使用人全員は驚きました。

銀河大帝国第37代皇帝ルバナウス・エードル・オーヴォールス皇帝陛下の発布した『帝域改善法』により、貴族の権限が縮小され、罪を犯した場合にはきちんと処罰されるようになりました。

しかしながら、貴族の意識がすぐに変わるわけはなく、子供といえど貴族を叱りつけたり殴ったりすればただではすみません。

「皆が尻込みするのは無理もないわ。でも娘をまともな人間にするためには必要なことなの。悪いことをしても叱られない。我が儘が何でも叶《かな》えられる。そんな生活をさせていたら、ろくな人間にならないわ。貴方達《あなたたち》が私の娘を愛してくれているならぜひともお願いしたいの」

しかし、奥様の言葉を聞いた私達使用人全員は、御二人のお願いを聞くことにしました。

そうして、ティウルサッド家の全員から愛情と躾《しつけ》を受けて育った御嬢様は、少々気の強いところはあっても、

「シェリー。パンケーキが食べたいから作ってほしいの。お願いします」

私やご両親、使用人の皆様になにかしてほしい時にはちゃんとお願いをし、

「美味《おい》しそう！　ありがとうシェリー！」

してもらった後には、嬉《うれ》しそうにお礼をいってくださる、本当にいい子に育ってくださいました。

そんな御嬢様が、私に対して一番の我が儘をいってきた事があります。

それは御嬢様が小学校1年生の時。

クラスメイトだという伯爵家の令嬢が、御嬢様の送り迎えをしていた私に目を付け、

――自分のものにならないなら、父親の権力でお前の仕える家を取り潰してやる――

と、父親の権力を使って私を取り上げようとした時です。

『帝域改善法』はまだまだ浸透しておらず、このような事例は数多くありました。

私だって御嬢様の下《もと》をはなれるのは嫌です。

しかし、ティウルサッド家に迷惑がかかるくらいならと、伯爵家に向かうことを旦那様と奥様に相談していた時、御嬢様が私に駆け寄り、私の左手の甲にペンで『フィアルカ』と書いてしまいました。

「シェリーは私の！　ちゃんと名前書いたもん！　いなくなっちゃやだ！　絶対に渡さない！　お家がなくなったっていいもん！」

と、涙ながらに我が儘を言い、私に抱きついてきました。

もし私に涙を流す機能があったら、私は号泣《ごうきゅう》していたでしょう。

それを見た旦那様が伯爵家に断りの連絡を入れたところ、先方の伯爵様も初耳だったようで、娘さんを呼び出し、事情を聞き、お説教を食らわせました。

どうやらお稽古や勉強の先生が厳しく、私を見て優しそうだったから自分をかばってくれるだろうと考え、手に入れようと脅してきたそうです。

伯爵様からは謝罪をされ、相手の御嬢様も謝罪をしてくださいました。

しかし翌日。学校にお迎えに行くと、ほっぺたを腫らした御嬢様がいました。

なんでも伯爵令嬢と改めて喧嘩《けんか》になり、貴族令嬢にあるまじきビンタの張り合いをやらかし、2

人まとめて先生にお説教をもらったそうです。

ちなみにその伯爵令嬢、マイカ・フィーニダス様とは、いまでも時々お会いになっています。

ちなみに左手の甲の名前は、御嬢様が中学生になる寸前までそのままにしてありましたが、御嬢様が必死でお願いするので落とすことにしました。

実に名残《なごり》惜しくはありましたが。

あとがき

数々ある作品のなかから、本書を手に取っていただきありがとうございます。

初めまして、土竜《とりゅう》でございます。

この作品『キモオタモブ傭兵《ようへい》は、身の程を弁《わきま》える』の受賞・書籍化のお話をいただいた時、正直どっきりの企画か何かかと思いました。

元々この作品は、最初に書いていたファンタジー物、その息抜きで書いていたSF物、その話のなかの主人公が読むライトノベルのタイトルで、作品の中で仕事仲間と内容の話をさせるために執筆したものでした。

それが意外にも反響があり、それに応じて連載をはじめ、ランキングに載り、賞をいただき、書籍化の運びとなりました。

これはひとえにWEB掲載した時から読んでいただいた読者の皆様のお陰であり、賞に選んでいただき、出版を決定していただいたオーバーラップ編集部様のお陰です。心よりお礼申し上げます。

この作品の主人公は、見た目が格好良くて、実力は周りとは桁違いで、社会的地位もガンガン上がっていき、無自覚で女の子を惚《ほ》れさせていくお人好《ひとよ》しハーレム主人公の逆を考えて産み出されました。

その為《ため》、前述主人公が活躍する作品だと、群衆の1人や、主人公の凄《すご》さを目立たせるための比較対象とかにしかならないキャラクターです。

そんな立ち位置にいる人物の話が気に入っていただけたのは大変嬉《うれ》しく思っております。

なおこの書籍版では、WEB版には存在しないキャラクターがいます。

彼女を加えたことで、主人公《モブ》の周囲が少し華やかになっています。

まあ、主人公《モブ》の行動は変わりませんが。

その辺り、読者の皆様の反応が非常に気になってしまっています。

ほかにも、SFの知識は過去の様々なSF作品や『検索円陣先生』などの受け売りやご都合主義が多くて緩いので、その辺りは御容赦いただけるとありがたいです。

書籍化にあたり、イラストレーターのハム様にキャラクターを描いていただいたわけですが、頭の中にあったイメージ通りの素晴らしいイラストをいただき、感謝のしようもありません。

デザイナー様においても、自分では想像し得ない素晴らしいものを製作していただき、感心するばかりです。

そして一番ありがたいのが校正者様です。

基本勢いで書いてしまうため、色々間違いが多く、大変ご迷惑をかけてしまい、感謝の言葉しかありません。

今後はせめて誤字が無いようにはしていきたいと思っております。

これから主人公《モブ》がどのような仕事を引き受け、様々な状況にどのような対処をしていくのか？

作者共々によろしくお願いいたします。

土竜

作品のご感想、
ファンレターを
お待ちしています

あて先

〒141-0031　東京都品川区西五反田 8-1-5 五反田光和ビル4階
ライトノベル編集部
「土竜」先生係／「ハム」先生係

スマホ、PCからWEBアンケートにご協力ください

アンケートにご協力いただいた方には、下記スペシャルコンテンツをプレゼントします。
★本書イラストの「無料壁紙」　★毎月10名様に抽選で「図書カード（1000円分）」

公式HPもしくは左記の二次元バーコードまたはURLよりアクセスしてください。
▶ https://over-lap.co.jp/824005571
※スマートフォンとPCからのアクセスにのみ対応しております。
※サイトへのアクセスや登録時に発生する通信費等はご負担ください。

オーバーラップノベルス公式HP ▶ https://over-lap.co.jp/lnv/

キモオタモブ傭兵は、身の程を弁(わきま)える 1

発行　2023年7月25日　初版第一刷発行

著者　土竜

イラスト　ハム

発行者　永田勝治

発行所　株式会社オーバーラップ
〒141-0031　東京都品川区西五反田 8-1-5

校正・DTP　株式会社鷗来堂

印刷・製本　大日本印刷株式会社

ISBN　978-4-8240-0557-1 C0093

【オーバーラップ　カスタマーサポート】
電話　03-6219-0850
受付時間　10時～18時(土日祝日をのぞく)

第11回 オーバーラップ文庫大賞
原稿募集中！
イラスト：じゃいあん
【締め切り】
第1ターン 2023年6月末日
第2ターン 2023年12月末日
各ターンの締め切り後4ヶ月以内に佳作を発表。通期で佳作に選出された作品の中から、「大賞」、「金賞」、「銀賞」を選出します。
その物語は、
きっと誰かが
好きな物語。
【賞金】
大賞…300万円
（3巻刊行確約＋コミカライズ確約）
金賞……100万円
（3巻刊行確約）
銀賞………30万円
（2巻刊行確約）
佳作………10万円
投稿はオンラインで！ 結果も評価シートもサイトをチェック！
https://over-lap.co.jp/bunko/award/
〈オーバーラップ文庫大賞オンライン〉
※最新情報および応募詳細については上記サイトをご覧ください。
※紙での応募受付は行っておりません。